書下ろし

時代小説

蚊《か》遣《や》り火

橋廻り同心・平七郎控

藤原緋沙子

祥伝社文庫

目次

第一話　蚊遣《かや》り火

一

日は陰《かげ》りを見せはじめていた。風はなく、橋床にしゃがみこむと、澱《よど》んでいた夏の熱気で、瞬《また》く間に首筋に汗が滲《にじ》んできた。

立花平七郎《たちばなへいしちろう》は、木槌で橋床を二、三度叩《たた》くと、早々に立ち上がった。

そして、傍《かたわ》らで腰を折って平七郎の手元を窺《うかが》っていた、丹波屋嘉助《たんばやかすけ》の神妙な顔を見た。

「丹波屋、酷《ひど》い目にあったらしいな」

「はい。私も生まれてこの方、五十年近くをこの松幡橋《まつばばし》の袂《たもと》で暮らしておりますが、こんどのような恐ろしい目にあったのは初めてでございます」

嘉助は腰を伸ばして平七郎の顔を見返すと、その恐ろしい出来事にたった今あってきたばかりだというように、目をいっぱいに見開いてみせた。

「うむ。しかし、橋はあのあたりの欄干《らんかん》が壊れただけで済んだようだな」

平七郎は橋の真ん中あたりで、木槌を使って橋の傷みを点検している平塚秀太《ひらつかしゅうた》に目をやった。

その風貌には、一見鷹揚で、飄々《ひょうひょう》としたものが感じられるが、時折光る瞳の奥には、閑職と揶揄《やゆ》される橋廻り役人とは思えぬ鋭さがあった。

平七郎は、三年前までは黒鷹《くろたか》と異名を取るほどの定町廻り同心だったのである。

一方の秀太は深川《ふかがわ》で材木問屋を営む『相模屋《さがみや》』の三男坊だったが、捕物に憧れて父親に同心株を買ってもらって役人になった男である。

北町奉行所で橋廻りはこの二人だけで、御府内に幕府が架けた百二十いくつの橋を見廻っている。

他には老与力の大村虎之助《おおむらとらのすけ》が上役としているだけである。

だから平七郎にとって秀太はこまめに日誌を記し、修繕があれば素早く手配をする頼りがいのある後輩だった。

今も、秀太は懐から帳面を出し、この橋の修理の記録と照らし合わせながら渋い顔をしている。

嘉助も秀太の熱心な姿に目を走らせて、相槌を打った。

「そのようでございます。平塚様はお気付きのようでございますが、丁度あのあたりは昨年の野分《のわけ》でやられまして、修理したところでございますよ」

「しかし、まあこのくらいで済んで幸いだった。ところで、お前の店はどんな具合だったのだ」

平七郎は松幡橋の西袂にある因幡《いなば》町に暖簾《のれん》を張る『丹波屋』の店先に目を転じた。暖簾には菓子餅・丹波屋と染め抜かれている。

嘉助はそこの三代目で、父親の代からこの楓川《もみじがわ》に架かる松幡橋の管理を任されている者だった。

事が起こったのは、昨日の早朝のことだった。

江戸で運搬に使用される牛車は、芝高輪《しばたかなわ》に牛屋があり、そこから毎朝この楓川沿いにある江戸橋詰近くの材木《ざいもく》町一丁目に集まって来て、雇われた諸方の荷物運搬に出向く。

まだ早朝で人通りが少ないとはいえ、大きな牛が列を作ってのし歩くさまは圧巻《あっかん》だった。町の人の中には、その岩のような動物の行列に恐れさえ感じる者もいたほどである。

牛はおとなしいとたいがいの者は安心しているが、そこは動物、時として予想もしない行動に出ることもあるのである。

今回の場合もそれだが、楓川西側の道を北に向かっていた牛の中の一頭が、突然松幡橋の手前で暴れ出し、北に向かわずに橋を渡って川の東方に向かおうとしたのである。

その牛は群れの中でもひときわ筋肉の盛り上がった赤牛だった。

一帯は大騒ぎとなった。

後ろから牛方数人に追いかけられた赤牛は、橋の中ほどで欄干に突き当たって立ち止まったが、行く手を牛方に塞《ふさ》がれると、狂ったように向きを変え、猛然と橋を戻ってきた。

そしてその勢いに負けて、橋を渡りきったところで左右いずれにも曲がりきれず、橋袂に店を構えている丹波屋の軒《のき》に頭から突っ込んだのである。

「まったく、地震かと思いましたよ」

嘉助はまずそう言って、さらに眉を顰《ひそ》めると、

「店を開く直前でございましたからね。お客さんや店の者たちに怪我《けが》はありませんでしたが、赤牛は店の大戸を突き破って飛び込んできたんでございますよ。丁度、奥から店に出た私と目が合いましてね、私が大声を出したものですから、さすがの赤牛もびっくりしたのか、店の土間で立ち往生いたしました、はい。でもそれは、ほんのひとときでございました。すぐに追っかけてきた牛方にたづなを取られまして、まあ、ようやくそこでおとなしくなったのですが、後始末が大変でした。いえ、大戸は牛屋

が弁償してくれることに決まっているのですが、商いの方がね、手前の店の品は生ものですからね。それにこの暑さです、日持ちはしません……」

嘉助の言葉が愚痴《ぐち》に変わりはじめたところに、

「嘉助」

秀太が近づいて来た。

「修理が終わるまで、あの欄干に誰も近づかせぬようにしろ。そうだな、縄を張って立て札でも立てておけ。すぐにな」

秀太は役人顔で言う。

「承知いたしました。ではさっそく……」

嘉助は行きかけた。だが、はたと振り返り、

「立花さま、平塚さま、お帰りの折には手前の店にお立ち寄り下さいませ。おときがなにやら用意してお待ちしております」

慇懃《いんぎん》に頷《うなず》くと、橋の西袂に下りて行った。

おときとは嘉助の女房のことである。人一倍気の利《き》く女で、平七郎たちが橋の見廻りに来ると、なにかちょっとした小腹を満たす物を用意してくれているのであった。

「嘉助は商いにならなかった餅菓子の代金も弁償してもらえるよう、私たちから口添

えして欲しいと平さんに訴えたかったんでしょうかね」

「そんなところだろうな」

「ったく……橋のことで手一杯だというのに……」

秀太が舌打ちしたその時、東袂から二人の同心が近づいてきた。

秀太は顔を顰《しか》めた。

それもそのはずで、橋を渡ってきたのは、北町の定町廻りで、平七郎の昔の同僚亀《かめ》井市之進《いいちのしん》と工藤豊次郎《くどうとよじろう》だった。

平七郎が、同心の花形である定町廻りを外されて、揶揄《やゆ》の対象となっている橋廻りに回されてから、二人が平七郎に送ってくる視線には、常に蔑《さげす》みの色がある。

あまり会いたくない者たちだった。

案の定、二人は侮蔑の色を浮かべて平七郎と秀太の前に立ち止まると、にやにや笑って、

「おっと。お二人さん、俺たちの前だからといって、木槌をしまうことはねえぜ。やれやれ」

豊次郎がぞんざいな口をきいて、自身の十手を引き抜き、それで欄干をコンコンと

叩いてみせた。

「工藤さん」

秀太が目を吊り上げて踏み出した。

「秀太！」

平七郎は秀太の袖をつかむと、

「そっちこそ、こんな所で俺たちにかまけていていいのか」

皮肉のひとつも投げてやった。

「へっへっへっ、そうだった。おぬしの言う通りだ。俺たちゃ忙しい。実はな、この橋向こうにある松屋《まつや》町の小間物屋の主《あるじ》が殺されたんだ」

「ほう」

「聞きたいだろう。おぬしも黒鷹と呼ばれた昔が懐かしいにちげえねえ。だろ……」

「別に話したくなければ話さずともいいぞ」

「いや、丁度いい。聞いてもらおう。昨夜のことだ。小野《おの》屋の主は……ああ、小野屋というのは殺された主のことだが、女房や店の者たちを川遊びにやったんだな。屋根船を借りて花火見物だ。そして自分は、通いの飯炊きばあさんが夜食をつくって帰っていくと、一人で膳の前に座った。どうやらそこに押し込まれたようなんだ。心の臓をひと突き、賊は店の金箱にあった三十両あまりを奪って逃げた……」

「三十両……いくら金のためとはいえ、人ひとり殺したのか」

　つい平七郎も心が動く。

「そうだ。そういうことだな。ただ、わかっているのはそれだけで、これといった手掛かりもない。こちらも手のうちようがないのだ」

「ふむ……」

　二人が近づいてきたのには、どうやらそういう事情があったのかと、平七郎は苦笑した。二人はおそらく、平七郎に協力を求める魂胆ではないか。

　だが、平七郎は知らぬふりをして聞いてみた。

「すると、賊の見当は無論のこと、どこから侵入したのかも皆目わからぬと……」

「今のところはな。他にも事件をかかえている」

　この事件ばかりにかかわっているわけにもいかぬのだと、調べがはかばかしくないのを、お役目繁多《はんた》のせいだといわんばかりだった。

　話を聞いているうちに、その程度でお茶を濁すのかと、平七郎は咎《とが》めがましい気持ちになった。

　――昔からこの二人は、詰めの甘いところがあった。

ちらと二人の顔に視線を戻すと、

「ただひとつ、賊はこの川筋を利用して、押し込みをやったと俺たちはみているのだ」

側《そば》から市之進が言い、欄干に歩み寄って下方に目をやった。

そして平七郎に向き直ると、

「そこで頼みがあるのだが。橋廻りのおぬしたちなら不審な舟がその時刻にいなかったかどうか調べるのはたやすいことだろう。橋を叩くついでに聞き込んでみてくれないか」

としゃあしゃあと言う。

「亀井さん、こちらも猫の手も借りたいほど忙しいんですよ」

秀太は、つっけんどんに言葉を返した。

「ほう、猫の手も借りたいほどな」

市之進は、豊次郎と見合ってにやりと笑うと、

「なに、ついでのことでいいのだ。昔のよしみだ、頼むぞ、立花」

二人はまるで配下の者にでも言うような口をきいて帰っていった。

「平さん、あの人たちは私たちが橋廻りでありながら、これまでに幾多の事件を解決していることを知らないんでしょうかね」

秀太は、丹波屋で菓子を馳走になって店の外に出た後も、先ほどの二人の横柄な態度を思い出したらしく、腹立たしそうに言い舌打ちした。

もっとも菓子を馳走になりながら、丹波屋の泣きごとを聞かされている間も、秀太の頭はもっぱらあの二人への憤りで占められているようだった。

丹波屋はしかし、押し込みの話より赤牛のために蒙《こうむ》った被害を訴えるのに余念がなく、他の話は眼中にないようだった。

「秀太、奴らは俺たちの働きは認めているはずだ。全部といわぬまでもな。認めているからこそ、力を借りたいと思ったんじゃないか」

「それなら素直にそう言えばいいじゃないですか」

「もう忘れろ」

平七郎は秀太を促《うなが》して、日が落ちた路に踏み出した。

すると、

「お待ち下さいませ」

丹波屋が、慌《あわ》てて店から追いかけてきた。

「先ほどの話でございますが」

振り返った平七郎に、丹波屋嘉助が走り寄った。

「何だ、補償のことか」

「いえいえ、押し込みの話です」

嘉助は突然思い出したことがあると言い、

「ここ数日、妙な男がこちらの岸から、事件のあった向こうの町を眺めていたんでございますよ。じっと……」

「……」

「押し込みに関係あるかもしれないと、今ふと思い出しまして……」

言いながら橋袂に寄り、河岸を見渡す。

「あっ、いました。あの男です」

嘉助は指差して、そして平七郎と秀太を振り返った。

平七郎も秀太と橋袂の欄干に歩み寄り、手前の河岸を見た。

「何してるんですかね」

秀太は首を傾げた。

その男は、丹波屋の言うとおり、確かにじっと対岸の南町代地を見詰めている。

夕暮れどきで顔は定かではないが、濃い青縞《あおじま》の着物を着流した町人だった。年は若い。

「蚊遣《かや》り火じゃないか……」

平七郎は呟《つぶや》いた。男が目を凝《こ》らす対岸に、白い煙が立っていた。

深川もそうだが、このあたりも昔は湿地だったために、夏の声を聞くと蚊が大量に発生し、秋が深まるまで、あたりに住む人を悩ますのである。

たいがいは線香を焚《た》き、蚊帳《かや》を吊《つ》って凌《しの》いでいるが、酷い時には蚊遣り火を焚いて一気に追い払う。

男が見詰めている対岸に昇っている煙は、その蚊遣りの煙に間違いなかった。

暮れかけて薄暗くなった空に、白いものがねじれながら一軒の軒下から立ち上っていく。白いものはねじれてまっすぐには上らない。まるで生き物のようにも見える。

「蚊遣り火ですか……しかし、そんなものが珍しいわけでもございませんでしょうに……なんだか薄気味悪うございますよ」

嘉助がひとりごちたその時、
男が身を翻《ひるがえ》した。どうやら帰るつもりらしい。

「あの男……」

秀太が驚いたような小さな声を上げ、

「平さん、平さんは先に帰っていて下さい」

秀太は急ぎ足で橋袂から河岸に下りていった。しかし、男の姿はもう河岸地に広がる建物の裏路地に入ろうとしていた。

それでも秀太は男の後を追っていった。

「平塚さまはどうなさったんでございましょうかね」

「うむ」

平七郎は、秀太が視線の先から消えるのを見届けて、松幡橋を後にした。

二

「幼馴染みに似ていた？……あの男が」

それで後を追ったのかと、平七郎は横に並んだ秀太の横顔を見た。

定例の上役への報告を終え、廊下を渡って玄関に向かう途中のことだった。

秀太が、昨日ふいにあの男を追いかけたのは、実家である深川の材木問屋相模屋の裏店にいた、かつての遊び仲間に歩き方が似ていたからだというのである。

「清吉《せいきち》といいまして、十二歳で奉公に出ましたが、左足をちょっと引きずるようにして歩いたものですから……」

秀太はそう言って微笑した。

そう言われてみれば、昨日見た男の歩き方は、ほんの少し足を引きずっているようにも見えた。しかし、それは言われてみて初めて気がつくほどのものだった。

「それで……声をかけてみたのか」

「いいえ、思いの外足が速くて、大通りから常盤《ときわ》町に入り、具足《ぐそく》町から南伝馬《みなみてんま》町の通りに出たところで見失いました」

秀太はいささかがっかりしたようである。

「そうか……」

と平七郎は頷いた。

頷きながら、平七郎の脳裏にあの蚊遣り火を焚いてた女の横顔がちらと横切った。

あのあと、秀太と別れた平七郎はふらっと橋の東の対岸にある高輪南町代地に入って、蚊遣り火を焚く家を確かめている。

その家は、道幅三間を挟んで両脇に間口二、三間の店が並ぶ、通称表長屋《おもてながや》と呼ばれる家の一軒で、裏手は楓川の川べりになっていた。

平七郎は、路地の垣根からその家を覗《のぞ》いた。

蚊遣り火は、裏庭から上がっていた。煙の上がる火の側では、物憂《ものう》げに女が青葉のついた枝をくべていた。

杉の枝だった。杉の葉はパチパチ音を立てて、清々《すがすが》しい香りを平七郎が立っているあたりまで運んできた。

女は二十歳過ぎかと思えた。火を焚く側に落とした腰が、杉の葉や火元に手を伸ばしたりするたびに、なまめかしく動く。女には人の妻の持つほのかな色気があった。

――あの男……この女と何か関係があるのだろうか……。

河岸で蚊遣り火を見詰めていた男の姿が頭を過《よぎ》ったとき、ふいに女が後ろを振り返って家の中を見た。そして、

「おとっつぁん、だめじゃない」

大きな声を上げ、立ち上がって慌てて家の中に駆け込んだ。

平七郎は、それを潮《しお》にその場を離れたのである。

「平さん……平さん」

秀太の声に我《われ》に返ると、秀太が目顔で廊下の角を差す。

そこには筆頭与力格の一色弥一郎《いっしきやいちろう》がこちらを見ていた。

一色は平七郎と目を合わせると、頷き返して吟味《ぎんみ》方与力の部屋へ足早に向かった。その後ろ姿は、有無を言わさず来いと言っている。

「じゃ、私はお先に……」

秀太はさっさと玄関に向かっていった。

一色は平七郎が上役の大村虎之助に報告にやってくるのを、待ちかまえていたらしい。

秀太はそれを察してひとりで退出していったのだが、そもそも一色が平七郎を配下の者のように呼びつける、その神経には呆れるばかりだ。うんざりする。

確かに昔、昔といっても三年前だが、平七郎が定町廻りだった頃、一色は当番与力で平七郎の上役だった。

しかし、あろうことかある事件で一色の判断の甘さが大切な人の命を奪った。

命を落としたのは、通油《とおりあぶら》町で読売屋『一文字屋《いちもんじや》』をやっているおこうの父親だった。名を総兵衛《そうべえ》といった。

総兵衛は読売屋を生業《なりわい》とする一方で、平七郎の父親の代から力強い片腕として探索に協力してくれていた人であった。

三年前のその時、総兵衛が命を賭して協力してくれたお陰で、犯人は捕らえることがてきたが、平七郎は総兵衛を死に至らしめた不備を問われ、責任を負わされて橋廻りに回された。いや、左遷されたのだった。

しかし、一色はというと手柄すべてを自分のものにして、与力の花形、吟味役についたのである。

平七郎は時折一色に昔のその一件を匂《にお》わせて、橋廻りというお役目上、おおっぴらにできない探索や捕縛の手助けを頼んできた。

一色も後ろめたいのか配下の前ではともかく、二人きりになると殊勝な態度を見せて助けてくれている。むろん、自身の手柄につながるのはいうまでもない。

だが、そういうことが度重なると、近頃では後ろめたさなどどこかに飛んでいってしまった感がある。

「一色様……」

平七郎が一色の部屋を覗くと、一色は話がある、こちらに来いと手招いた。

「実はな、赤猫《あかねこ》の仁助《にすけ》がこの江戸にいることがわかったのだ」

一色は、平七郎が座るなりむずかしい顔になった。

久し振りに緊張が平七郎の体を包んだ。

赤猫の仁助とは、盗賊の頭の名前だった。

平七郎が定町廻りだった頃から、赤猫は二、三年に一度大仕事をした。だが、足あと一つ残さず、いずこかに潜伏してしまう猫のような盗賊だった。

赤猫と呼ばれるのは、その手際のよさと、何年か前に両国《りょうごく》の小屋にかけられた、赤猫という盗賊の芝居にちなんでのことである。

奉行所は総力をあげて探索にのぞんだが、捕縛にはいたらなかった。

「奴はこの江戸にいたのだ、ずっとな……。上方《かみがた》ではなくこの江戸で暮らしていたのだ」

一色は、胸を起こして平七郎を見た。

「すると、手下もこの江戸にいると……」

「いや、それはわからん。お前が橋掛かりになった後も、奴らは仕事をしているが、仁助は逃げも隠れもせず、堂々と江戸で暮らしていたということだろう」

「しかし、それは確かなことですか」

「確かだ。赤猫を実見したのはこの私だ」

一色は、ぐいと目を見開いた。

「一色様が……」

「昨日のことだ、浅草寺《せんそうじ》の境内にある掛け茶屋でな。奴は私のすぐ側に腰かけたのだ。その男の額に大豆ほどのほくろが二つ並んでいた」

「……」

平七郎は絶句した。

平七郎が橋廻りになる少し前のことだ。赤猫は酒屋に押し入っているが、そこで手代の倉助《くらすけ》に顔を見られていた。

倉助は、押し入った赤猫一味が主夫婦や店の仲間たちを刺し殺すのを、大樽の中に隠れて震えながら見ていたのだ。

人数は四人、賊は黒い布を被《かぶ》っていたが、一味が店の者を惨殺し、金を袋に入れたところで、一味の一人が「かしら……」と指示を仰いだらしい。

この時、「かしら」と呼ばれて返事をした男の額に大きなほくろが二つ並んでいるのを、倉助ははっきりと見たのであった。

ただ、倉助はそのことを絶対に外に漏らさないという約束で役人に告げたのだった。生き残りだと知れて、赤猫に抹殺されるのを恐れたのである。

奉行所もその懸念はもっともだと承知して、ほくろの一件は決して外には漏らさず、秘匿してきたのである。

平七郎が定町廻りとしてかかわったのはそこまでだった。その後の探索については、詳しいことは知らないが、しかし一色の話に間違いはないように思われた。

平七郎が頷くと、一色は顔を近づけて更に話を続けた。

「私は着流しで塗笠を被っていたから、あやつはまさか私が与力だなどと気づいてはいまい。しかし、こっちは肝《きも》を潰《つぶ》したぞ」

「一人でしたか、それとも……」

じっと一色を見詰めると、

「一人だった。絽《ろ》の羽織を着て、巾着をぶら下げていたな。どこかの楽隠居のような形《なり》をしていたが、歳に似合わぬがっちりしたあの体軀は忘れるものじゃない。お前も忘れてはいまい？……私と、目の前で取り逃がしたときのことを……」

「むろんです。それで後を尾《つ》けたのですね」

「いや。奴は茶屋を後にすると、辻駕籠《つじかご》に乗った。取り逃がした」

「……」

平七郎はがっかりした。

「そんな顔をするな。奴につながるもう一つの手がかりを手に入れているぞ」

一色は平七郎をひたと見ると、三日前の夜、松屋町の小野屋という小間物屋の主が殺された事件を聞いているなと言った。

平七郎は頷いた。つい先日、その事件の探索に当たる亀井と工藤の怠慢ぶりを目《ま》のあたりにしたばかりである。

「殺された小野屋の主だが、実は倉助がかねてより一味の一人ではないかと私に耳打ちしていた男だったのだ」

「まことですか」

平七郎は一色の顔を見返した。

「小野屋はどこから見ても立派な商人だ。倉助から小野屋は盗賊の一味かもしれないと言われても、あまりに唐突でな。私の胸一つにおさめてきたのだが、定町廻りの話では、今度の事件は下手人の見当もつかぬらしい」

「……」

「調べてみないか。お前だって気になるだろう」

「しかし……」

「定町廻りに遠慮することはないぞ。私が言うのもなんだが、あの亀井と工藤はどうもな、感心せん。まかせておけぬ。親の威光だけで定町廻りに居座らせてはいかんよ」

平七郎は苦笑した。一色が言えた義理かと思ったが、そこはそれ、一色の言うとおり、座視はできぬ事件には違いなかった。

「わかりました。やってみます」

平七郎は頷くと、立ち上がった。


「おたつといったな。遠慮はいらぬ。食べろ」

平七郎は、丹波屋の店先にしつらえてある緋毛氈《ひもうせん》を敷いた腰かけで、丹波屋の女中が運んできた栗羊羹《くりようかん》と茶をおたつに勧めた。

「これを……あたしに？」

おたつは、目を白黒させて平七郎を見た。おたつは先日殺された小間物屋の小野屋に通いで飯炊きをやっている婆さんである。

平七郎は、婆さんが店から出て来るのを待って、丹波屋に連れてきたのであった。

「それじゃあ遠慮なく……」

おたつは羊羹のひとつを頬ばると、残ったもうひとつの羊羹は、皿に敷いていた紙で素早く包んで、袂にすとんと落とし入れた。

「すみませんね。亭主にと思いましてね」

酒好きで苦労ばかりさせられている亭主だが、こんなに上等の菓子を前にすると、

自分だけいただいては悪いような気がしてね、などと言い、にっと笑って、

「あたしに聞きたいことって、殺された旦那さんのことだね」

茶をすすってから、平七郎の顔を見た。

「そうだ。名は卯之助《うのすけ》だったな」

念を押すと、

「ええ、そうですよ」

「それで、あの晩のことだが、おまえは食事をつくってから家に帰ったらしいが、卯之助に何か変わったことはなかったか」

「いいえ、別に……」

おたつは、茶碗の底に残っていた茶を、名残惜《なごりお》しそうに飲み干した。

「しかし、卯之助も大川に遊びに行くんじゃなかったのか」

「それはそうですが、当日になって自分だけ残るとおっしゃいまして……そうそう、やらなきゃならない仕事があるとかなんとか」

「ふむ」

「ですから、川遊びに行ったのは、おかみさんと店の者が五人……」

「おかみの名は、おせいだな」

平七郎は、店の軒先で会った小野屋のおかみを思い出していた。

殺された卯之助は、四十を過ぎた中年男だが、その女房にしてはおせいは若く、まだ二十歳《はたち》そこそこかと思われた。

平七郎が亭主のことで話を聞きたいと言ったところ、おせいは、私の知っていることはもう全部話しました。北町の亀井様と工藤様にお聞き下さい。それに、亭主のことは私よりおたつさんの方がよく知っています。おたつさんに聞いて下さいなどと言い、店の奥にひっ込んだのであった。

「そう、おせいさんですよ」

おたつは相槌を打って、話を続けた。

「おかみさんは深川の富岡八幡宮《とみおかはちまんぐう》の境内《けいだい》にある水茶屋につとめていたんですよ、ついこの間までね。その水茶屋に旦那さんは通い詰めてようやく嫁さんにしたものだから、おかみさんを喜ばせたくって、船遊びを段取りしたのは旦那さんだったのにね……」

「夫婦仲は円満だったのか」

「そりゃあもう……旦那さんは所帯を持つのが初めてでしたからね。年も離れていましたから『おせい……だんなさま』って調子で……」

おたつは、声色をつかって二人の真似をしてみせると、何かを思い出したようにくすりと笑った。

平七郎は、小野屋に入った賊が、奥の部屋に五百両近く入っていた金庫があったにもかかわらず、店の金箱の三十両あまりにしか手をつけなかったことに不審を抱いていた。

小野屋への押し込みの目的は、金ではなくて、卯之助殺害ではなかったかと考えている。

そのことに、若い女房がかかわっているのではないかと、おたつの話を聞いていて思ったのだが、それはどうやら見当はずれのようだった。

「おたつ、すまなかったな、もう帰っていいぞ」

平七郎は、もぞもぞし始めたおたつに言った。

「それじゃあ、あたしはこれで……」

よっこらしょっと腰をあげると、帰りかけたが、はたと立ち止まると引き返してきて、

「そうそう。あの日、見知らぬ来客がありましてね」

またよっこらしょっと腰をおろした。

「何、どんな客だったのだ」

「どこかのご隠居さんでしたよ」

「隠居！」

「はい。旦那さんはお得意さんの掛け取りに出かけていましたからね、手代の友蔵《ともぞう》さんが応対したんですが、そのご隠居は、旦那さんの昔の知り合いだとかおっしゃいまして……そうそう、こんなことを友蔵さんに言付《ことづ》けて帰っていきましたね。お前さんのことはずっと見ていた。壁に耳あり障子に目ありだ。まっ、また来ると伝えてくれと……」

「……」

平七郎は驚いて婆さんを見た。

「そのご隠居だが、まさか額にほくろがあったのではあるまいな」

「ほくろ……そういえば、ありました」

おたつは手を打った。

――赤猫かもしれぬ。

一色から聞いていた話が、突然現実味を帯びてきた。

それにしても、頭の仁助ばかりか、仲間の一人が表店に暖簾を張る小間物屋で、商人の顔をしてこの江戸にのうのうと潜んでいたとすれば、奉行所もなめられたものである。

平七郎は、おたつを帰してから冷たくなった茶を呑んだ。静かな緊張が平七郎の胸を満たしていた。

三

「平七郎ぼっちゃま、お母上様がお呼びでございます」

平七郎が出かけようとしているところに、下男の又平《またへい》が廊下に膝をついた。

「母上が……」

振り向いて又平を見ると、又平は神妙な顔をして頷いている。

「話は帰ってからゆっくりお聞きすると伝えてくれぬか」

平七郎は、大小の刀をつかんでいた。母の里絵《さとえ》の用事はわかっている。嫁取りの話であった。

昨夜帰宅した折に、ちらとそんな話を匂わせてきたが、平七郎は少し調べたいことがあるのだと母の言葉を遮《さえぎ》って自室に引っ込んでいる。

それで平七郎の気持ちは伝えたつもりだったが、どうやら母は諦めてはいないようだった。

里絵は平七郎にとっては継母になる。もはや四十半ばだが、子を産んだことのない里絵には中年の女の華やぎがあった。

平七郎が少年の頃には、母のその美しさが気恥ずかしく、道場帰りに友人と連なって歩いている時、ふいに向こうから里絵が歩いてきて、すれ違いざまにこちらに笑みを送ってきた時も、気づかぬふりをして側にいる友人に話しかけてやり過ごした事もある。友達に里絵が母だと知れるのが恥ずかしかったからである。

しかし、父を亡くし、その跡を継いで同心として出仕するようになった頃には、母の美貌は、密かに平七郎の自慢の種となっていた。

その母を気鬱《きうつ》にさせるのは不本意だが、今のところ妻帯する気持ちはなかった。

又平は父親の代からの下男で、そこのところも良く承知している。だがその又平も、どうやら里絵の思惑を振りきるわけにはいかないらしい。

困った顔をして、すぐに里絵に平七郎の意を伝えたようだが、平七郎が大小を腰に差して廊下に出ると、又平が急いで引き返してきて言った。

「今日はどうしてもとおっしゃっておいででございます。ぼっちゃまもお忙しいのでございましょうが、お聞きなさいませ。お母上様のお気持ちもお考えなさいませ」

じっと見上げる。

平七郎は観念して母の待つ仏間に入った。

「お父上様もあなたの行く末をご心配です。そこにお座りなさい」

里絵は、仏壇の前に平七郎を座らせて、自身も膝をあらためると、

「他でもございません。そなたももうわかっていると思いますが、この家の行く末を考えていただかなければなりません。話はそなたの嫁取りのことです」

「母上……」

平七郎は気乗りしない声を上げた。その声で次の母の言葉を拒《こば》んでいることを示したつもりだった。

だが里絵は、平七郎の心情など最初から計算済みのようだった。少しも動ぜず、

「お聞きなさい」

ぴしりと言った。今日はけっしてひかぬという決意が、里絵の顔に表れている。

「良いですか、平七郎殿。そなたのお父上様がお亡くなりになった時からわたくしは、旦那様に代わってそなたに嫁を迎え、跡継ぎの顔を見るまでは、この家をけっして動かぬと決心をしておりました」

「……」

「それが、この家に後妻に入ったわたくしの務めだと存じましてね。でもそなたは、いっこうにその気配がない……なぜです」

里絵はじっと平七郎の顔を窺った。

「別に、別に他意はございません」

「そう……」

里絵は反応がないと知るや、大きな溜め息をひとつついて、

「ならばお聞きしますが、そなた、好いているおひとがいるのではございませんか」

柔らかい声で、いるのでしょうと言いたげな問いかけだった。

「いえ……」

平七郎は畳のへりに視線を落として、あいまいな返事をした。

「おこうさんは……どう思っているのです？」

突然おこうの名が飛んできた。

ぎょっとして里絵の顔を見返したが、平七郎は苦笑して、また下を向いた。

父親の跡を継いで、おこうも今、平七郎の手助けをしてくれている。

おこうはいわば幼友達。とはいえおこうとの間に男と女の感情がないか、恋心がな

いかと聞かれれば、ないとはいえぬ。

どこの誰よりもおこうは可愛い女だと平七郎は思っているし、おこうが平七郎を見る目には、若い女がみせるきらきらした恋情がみてとれる。

――しかし、具体的にどうと考えたわけではない。

これまでのおこうとのやりとりを目まぐるしく考えて、どう返事していいのか困っていると、

「もしも、おこうさんを好いているのなら、それならそれで手立てをこうじなければなりませぬ」

里絵は諭《さと》すような口調で言った。

「……」

「でも、そんな気持ちはないとおっしゃるのなら、この母の勧める女子《おなご》を嫁に貰っていただきます」

「母上、今すこしお待ち下さい」

「待てませぬ。先方の都合もありますゆえ、返事を延ばすことは出来ませぬ」

「ではお断り下さい」

「さて、頭からそのように申しては、あちら様がご承知下さるかどうか……」

「なぜですか。なぜそのような気を遣わなければならないのですか」

「お相手は、お旗本のお嬢様です」

「旗本ですと……母上、何を考え違いをしているのですか。三十俵二人扶持の町奉行所の同心が、旗本と縁組できるわけがない」

平七郎は苦笑した。

「わたくしもお話をお聞きした時にはそのように思いました。ですが、あちら様はすっかり乗り気で……あちら様は、そなたのことをよくご存じでしてね」

「まさか」

突然何を馬鹿な話をするものかと鼻白んだ。

だが里絵は真面目な顔で話を続けた。

「そのまさかですが、今年の春に南北両奉行所の剣術試合がございましたそうですね。そなたは北町の代表の一人として試合にのぞんだ。そして軍配は北町にあがった。そなたが南町最強の野島《のじま》様を倒されたからです。その様子を、榊原《さかきばら》奉行様がご招待なさった仲のよいお旗本がご覧になっていた。そして、あなたの腕に感心なさって、ぜひにもうちの娘を貰《もら》ってほしいと……」

「からかわれているのですよ母上、目を覚まして下さい」

平七郎は、里絵が本当にどうかしたのかと思った。

だが里絵は、大まじめで、

「平七郎殿。そなたが話に乗り気ならお話ししようと思っていたのですが、このお話をもってこられたのはお奉行様ですよ」

「……」

平七郎は絶句した。

「あちら様は身分のことなど気にはせぬ。おしつける娘も三女ゆえなどと申されているご様子……」

「断ります。母上が断れないと申されるのなら、私がお奉行にじかに申します」

平七郎は、きっぱりと言った。

おこうへの気持ちがなかったとしても、とても旗本の娘など貰えるものじゃない。窮屈な暮らしはまっぴらだし、里絵だって嫁に気を遣わなければならぬ。

こんな話を持ってくる奉行も奉行だと、大きな溜め息をついた時、

「平七郎ぼっちゃま、おこうさんがおみえになりました」

部屋の外で又平の声がした。

おこうは辰吉《たつきち》と縁側に腰かけて、前栽がつくった日陰でもつれあっている白い蝶をぼんやりと見つめながら、扇子で襟元に風を送っていた。

平七郎が足音を立てて廊下を近づくと、おこうはほつれ毛に手をやりながら、笑みを返してきた。

母からおこうへの気持ちを確かめられたばかりである。おこうの仕草が妙になまめかしく、平七郎はどきりとしたが、又平が出してくれた茶の前に咳払いをして座った。

「母上様となにかおとりこみのご様子でございましたが、すみません。早くお伝えしたほうがいいと辰吉も言うものですから」

おこうは扇子を畳んで帯に挟むと、きりりとした目を平七郎に向けた。

「なに、俺もそっちの店に出向くところだったのだ。で、何かわかったのだな」

平七郎は、おこうを、そして辰吉を見た。

先日、一色から話を聞いたすぐあとに、平七郎は一文字屋に立ち寄って、小野屋の事件の下調べをおこうに頼んでいた。

「旦那、旦那の狙いに間違いございませんぜ。小野屋はただの小間物屋ではござんせんでした」

辰吉はそう言うと、平七郎の側に腰を下ろし直して、

「京橋《きょうばし》にある同業者の梅《うめ》屋の話によりますと、小野屋卯之助が父親から店を継いだのは、今から十年前だそうですが、卯之助はあっという間に、にっちもさっちもいかないほどの借金をかかえて、店は左前になったそうです」

「博打《ばくち》か……」

「へい、放蕩《ほうとう》のあげく博打にのめりこんだようです。しまいには店の株も売り払い、身代をカタにするところまでいったというんでさ」

「ふむ」

「取引先にも多額の借金をつくったらしいのですが、それがある日突然、金回りがよくなった。滞《とどこお》っていた借金は払い終え、ふたたび親父の代の店に戻したというんです。不思議なのは、どこからその金を工面してきたかと、梅屋もいまだに不審をいだいておりやしたが」

「店の番頭や手代は、そこのところを知ってるんじゃないのか」

「いいえ、平七郎様。いまお店にいる者たちは、ここ数年のうちに雇い入れた者たちばかりでした」

おこうが言い、頷いてみせると、

「昔の奉公人たちはとっくに店を辞め、いっときは卯之助さんひとりになっていたようですからね」

「すると卯之助は、放蕩を続け首がまわらなくなったあたりで赤猫の仲間になったのかもしれぬな」

平七郎は腕を組んだ。

卯之助は小間物屋のぼんぼんで育っている。父親が他界するまでは放蕩癖があった訳でもなく、だから金に困ったこともない筈だった。

赤猫などという凶悪な盗賊と接触するようになったのも、おそらく、店も自身も、一寸先もわからないような闇を見たからにほかならない。

平七郎がこれまでに見てきた大小様々な盗賊たちの中には、小野屋卯之助のように、おいつめられて悪に手を染めるといった類《たぐい》が多かった。

「辰吉、卯之助がどこで遊んでいたかつかんでいるか」

「木挽町《こびきちょう》あたりと聞いています」

「賭場を虱潰《しらみつぶ》しに当たってみてくれぬか」

「承知しています」

辰吉はきりりと口元を引き締めた。

「それと、平七郎様。ほくろのあるご隠居のことですが、まだ何もつかめておりません。ただ、ひとつ気になることがございまして……」

おこうは、何か大事な手がかりを胸に秘めているらしい。いま改めて気づいたが、おこうの目尻には人をひきつけるような魅惑があった。

「ふむ」

平七郎は、まばたきをしておこうの顔を見直した。

母に縁談の話を持ち出されたとはいえ、今は探索の話をしている。おこうの仕草に妙に敏感になっている自身に、心の中で平七郎は苦笑した。

おこうは話を続けた。

「事件が起きる数日前から、対岸の河岸に妙な男が立っていたというんですが、平七郎様の耳に入っていますか」

「知っている。俺も見た」

「平七郎様も？」

「そうだ。その男については、秀太に任せてあるのだが……」

平七郎の脳裏に、夕暮れ時に河岸に佇《たたず》む着流しの男と、対岸の家の裏庭で、蚊遣り火を焚く女がちらと浮かんだ。

四

秀太は、あれ以来、夕刻になると必ず松幡橋に立っていた。

赤牛が壊した欄干の修理の進み具合を確かめるという仕事もむろんあったが、足を引きずって立ち去った男のことが気になっていた。

——あの男は清吉に違いない。

秀太は今日、大伝馬町《おおてんま》の呉服問屋『越前屋《えちぜん》』に奉公している幼馴染みの宗助《そうすけ》に会って清吉の近況を聞いてきた。それを思い出している。

実は宗助も清吉も、秀太の父親が営んでいる深川の材木商『相模屋』の持つ裏店に住んでいた。

相模屋は仙臺堀《せんだい》に架かる要橋《かなめ》の近くに広大な木置き場を持っていたが、店は材木町にあった。

店の横手にも百坪ばかりの木置き場があったが、店と木置き場の裏手は、相模屋が持つ長屋が建っていた。長屋には立派なお稲荷《いなり》様がまつってあったから、人は稲荷長屋と呼んでいた。

清吉も宗助も両親と一緒にその稲荷長屋に住んでいて、秀太は毎日のように長屋の路地に遊びに行っていた。

それが、十二の声を聞くや、清吉が指物師《さしもの》に弟子入りし、翌年宗助が呉服問屋に奉公することになり長屋を離れて行くと、秀太も長屋の路地に遊びに行くことはなかったのである。

それから十年の歳月が流れている。その間に、秀太は宗助には数回会ったが、清吉に会うことはなかった。

それは、宗助の父親は今も健在で、居職《いじょく》の桶職人として暮らしているが、清吉の父親は早くに亡くなり、母は清吉が弟子入りするや縁戚を頼って川越《かわごえ》あたりに引っ越して行ったからである。それで清吉が、稲荷長屋に戻るきっかけがなくなったということもある。

ただ清吉は、宗助には会いにいったと聞いている。

秀太が越前屋の宗助を訪ねて、お前には会いに来たというのに、なぜ俺には会いにこなかったのかと不満めいた言葉を洩らすと、

「そりゃあ秀ちゃんを訪ねてはいけないよ。秀ちゃんはお役人さまだからな」

宗助は、越前屋の軒先が見える蕎麦《そば》屋に入るなり、秀太にそう言い、じろじろと同

心姿の秀太を眺めた。

「冗談言うなよ。俺たち、幼馴染みじゃないか」

秀太は笑った。二人ともいつのまにか、昔の遊び仲間の言葉遣いになっていた。

「いいや。馬子にも衣装という諺《ことわざ》があるが、秀ちゃんにぴったしだな。もう立派な同心だ」

宗助はくすくす笑った。

「そういう宗ちゃんだって、手代の中でも相談役に出世したそうじゃないか」

秀太は、宗助を呼び出して貰った小僧の話を思い出した。

越前屋の小僧は、秀太から宗助の名を聞くと、ああ、相談役さんですねと言ったのである。

「どうということもないよ。そういう年になったということだ」

宗助はさらりと言ってのけたが、宗助の年で相談役というのは破格の出世だと秀太は思った。事実宗助の言葉の奥には、ここまできたという自信がみなぎっていた。

宗助が奉公する越前屋は比較的大きな店で、手代だけでも三十人近くいるという。したっぱの手代が平《ひら》の手代で、一段階あがると相談役といって手代数人の上に立つ立場となる。

宗助は、五人の平の手代の相談役だった。

「とりあえず目の前のものを片付けようぜ。のびちまう」

蕎麦を前にして秀太が言い、二人はいそいで蕎麦をすすった。

あっという間にたいらげると、

「で、秀ちゃん。清ちゃんのことを聞きたいと言ったが、何かお役人に追われることでもしたのかい」

宗助は、ちらと秀太の顔を見た。その顔には同心姿で現れた秀太を敬遠するような色があった。

「いや、捕物でここに来たんじゃないよ。清ちゃんに似た男を見たんだ。だから少し気になってな」

秀太が掻《か》い摘《つま》んで話すと、

「そうか……その男、清ちゃんかもしれないな。秀ちゃん、実はあいつ、金を貸してほしいと訪ねて来たことがあったんだ」

「清ちゃんが……」

「ああ、その時俺は冷たく追い返してしまった……それがあいつの為だと思ったんだが」

宗助は深い溜め息をついた。

「いつの話だ」

秀太が驚いて見返すと、この話は順番に話さなくてはわかるまいと宗助は言い、小女が運んできた茶を一口飲んで、

「実はな、秀ちゃん。清ちゃんが六間堀の藤兵衛《とうべえ》親方のところに弟子入りしたのは知ってるだろ」

「ああ、知っている」

「清ちゃんがあそこにいたのは十八の時までだったんだ。その後親方の兄弟分の指物師で、高輪の南町代地に店を持つ鬼の富蔵《とみぞう》という親方のところに移っている」

――高輪の南町代地だと……。

秀太が問いかける間もなく、宗助は話を継いだ。

清吉は、親方同士の話し合いで富蔵の店に移って行ったのである。

当時藤兵衛のところは弟子が多すぎて、親方としての藤兵衛の目が届かないような状態だった。

一方の富蔵のところは富蔵が厳しすぎて、弟子は入ってもすぐに辞めていくために、見習い弟子が一人いるばかりだったのだ。

藤兵衛はそれを見兼ねて、将来は富蔵の跡を継ぐほどの職人を育てるという約束で、自分の弟子を譲る約束をしたらしい。

そしてその白羽は、清吉に立ったのだった。

富蔵親方の店にいけば、ゆくゆくは親方として店を張ることのできる鑑札も譲ってもらえるに違いない。職人にとって、それはなによりの魅力であった。

清吉は、それで富蔵の弟子となったのである。

富蔵の言葉に嘘はなかった。

清吉は三年もたたぬうちに、富蔵親方の片腕になっていた。

その頃だった。

清吉が宗助を訪ねてきて、二人は一緒に酒を飲んだことがあるという。

その時清吉は、富蔵の一人娘おちかと好き合っている。一緒になって富蔵の跡を継げる日も近いなどと嬉しそうに言ったのだ。

清吉の顔は、自信と喜びにあふれていた。

「ところがだ……」

清吉はそれから一年もたたぬ、今から二年前のこと、越前屋を訪ねてきて、宗助に一分でも一朱でもいい、貸してくれないかと言ったのだった。

以前会った時とは、まるで人が違ったように、清吉は卑屈で、おどおどしていて、着ている着物は垢《あか》じみていた。

「秀ちゃん……その時のあいつ、頰はこけ、目はうつろで……いったい何があったんだと聞いたんだ。そしたら、富蔵親方のところを飛び出してきたって……仕事もねえ、金もねえと」

「いったい何があったのだ」

秀太は苛立ちを覚えた。物乞いのような清吉の姿を思い出すのも辛《つら》かったし、友達の不運を知らなかった自身への怒りもあった。

「おちかさんと一緒になれなくなったんだと……」

「何……」

「一見してあいつは悪所に足を踏み入れていると俺は思ったんだ。だから金は一朱は渡したが、追い返してしまったんだ。あとからこうして心配してるんだが」

「わかった。宗助、富蔵親方の店は高輪の南町代地といったな。楓川沿いの、松幡橋の東だな」

秀太が念を押すと、宗助はその筈だと頷いた。

その高輪の南町代地というのが、男が松幡橋の西河岸からじっと見つめていた町なのである。

——あの男は、やっぱり清ちゃんだったのだ。

懐かしかった。だがそれと同時に、悪いことに手を染めてはいないかと心配してるんだと言った宗助の言葉が、秀太を橋に釘付けにしていたのである。

「来たな……」

平七郎は秀太の背に呟いた。秀太は、橋の袂にある石灯籠《どうろう》に身を隠すようにして立っていた。

対岸の川沿いに建つ一軒の裏庭から蚊遣り火が立ち始めてまもなくのことだった。

手前の、松幡橋西の河岸に、着流しの男がゆっくりと現れたのである。

「どうする、おまえ一人で行くか」

平七郎は訊いた。

「いいえ、あの事件に関係していてもいなくても気になることがあります。今日を逃しては会えないかもしれません。お願いします」

「わかった、行こう」

平七郎と秀太は、河岸に立つ男の逃げ道を塞ぐように、二方から河岸に下りた。

「清吉」

秀太が男の背に声をかけた。

はっとして男は振り向いたが、秀太の顔を見て驚愕した。

やはり男は清吉だった。

「何をしているんだ、こんなところで……」

秀太がゆっくり近づくと、男は険しい目を向け、次の瞬間一方に逃げようとしたが、そこに平七郎の姿を見て立ちすくんだ。

「久し振りじゃないか、清ちゃん」

「ふっ……」

清吉は、冷たい笑いを浮かべると、

「俺は町方に声をかけられるようなことはしてねえぜ、秀太の旦那」

ちんぴらのような口をきいた。旦那という言葉に清吉の精一杯の皮肉がこめられていた。

「だったらいいんだが、少し話をきかせてくれ。近くで殺しがあってな」

「ふん、俺が下手人とでもいうのか……まあいいや。秀太、一杯おごれよ」

清吉は、汗臭い体を近付けると鼻で笑った。威勢を張ってはいるが、秀太には清吉の荒廃した暮らしが手にとるように想像できた。

「仕事はしていないのか」

橋の袂の居酒屋に場所を移し、湯飲み茶碗に乱暴に酒を注いでいる清吉の顔を見て秀太は言った。

その顔には、すさんだものが垣間《かいま》見える。

清吉は、秀太の問いかけにすぐには答えず、喉《のど》を鳴らして茶碗の酒を呑み干してから、

「まあな……」

あいまいでぞんざいな返事を返して、口をぬぐった。同時にちらと秀太の側に座っている平七郎に視線を走らせたが、秀太を見る目とは違った畏怖が窺えた。

平七郎が秀太の先輩で、以前は定町廻りだったということは、この居酒屋に入ってすぐに、秀太が告げている。

清吉は、その威圧感を跳ね返すように、

「先に言っとくけどな、俺はその日暮らしの男だが、押し込み盗賊なんて知らねえぜ」

へらへら笑った。

そして、清吉はまた銚子に手を伸ばした。

だがその手を、平七郎の手がむんずとつかんだ。

「いててて。何するんだ。けちけちするなって」

「ばか者。秀太の心配がわからぬのか」

平七郎は一喝した。平七郎は険しい目で、清吉を見据えている。

清吉は、すごすごと手をひっこめると、口を引き結んで下を向いた。その顔にかぶせるように平七郎は言った。

「秀太はな、人殺しのあった家の見えるあの場所で、事件数日前から日暮れどきになると現れるという男の姿を見た時から、ひょっとして幼馴染みのお前ではないかと案じていたのだ」

「……」

清吉は横を向いた。勝手に話せというふうにも見えた。

だが、視線は店内の客を漫然と見渡しているように見えるが、平七郎の言うことに耳をそばだてているのがわかった。

「事件に関係なければ結構なことだ。だが俺の目には、宗助という友達に会ってから、秀太の心配はさらに大きくなったようにみえる」

「……」

「秀太はな、このたび初めて昔の話を聞かせてくれたのだが、清吉、おまえの足が不自由になったのは、幼い頃に、隣町の五人組とおまえたち三人組で喧嘩《けんか》をした時の後遺症らしいな」

平七郎がそう言うと、わずかに清吉の眉《まゆ》が動いた。

「相模屋の木置き場の井桁《いげた》に組んだ材木に登ってつかみ合いの喧嘩をし、そこから落ちて怪我をしたんだってな。相模屋の秀太の親父さんは、秀太が一番悪いと秀太の頬を張り倒した。その時お前は、秀太を庇《かば》って、悪いのはおいらだ。秀ちゃんが止めたのに、おいらがまっさきに登って、あいつらに、勇気があるなら登ってこいと誘ったんだ。殴ぐるならおいらを殴ってくれ、そう言ったらしいな。その清ちゃんが、いったいどうしてしまったんだと秀太は泣きそうな顔をしていたぞ」

ちらと秀太を見ると、秀太は哀しげな笑みを浮かべて目を伏せた。

清吉はというと、目を見開いて、一方を凝視していた。握りしめた茶碗を持つ手がかすかに震えている。瞳がじわりと濡れてきたようにも見える。

清吉も、思いがけない昔の話を聞かされて、ふっと胸を熱くしてしまったようだ。

「清ちゃん……」

秀太が顔を上げると、静かに、そして促すように声をかけた。

すると清吉は、慌てて瞬きをして、自虐の笑みをふっと浮かべると、

「振られた女が諦めきれねえ、それであそこから向こうを見てたんだ。なさけねえ男さ」

　吐き捨てるように言った。

「なさけないなんてことはないよ、誰にだってあることだ」

秀太が言った。

「そうかな。女のために、女を忘れたいために、職まで捨てる馬鹿はいねえや。まっ、そういうことだ。もう帰っていいかい」

清吉は立ち上がった。

「待てよ、清ちゃん」

行きかけた背を秀太は引き止めた。だが、清吉は背をむけたまま、

「これ以上話しても、おめえにわかるものか」

そう言い残して出て行った。

五

——秀太に疑われるようになっちゃあ俺もおしめえだな。

清吉は三十間堀の『なん八屋』で、茶碗酒をあおっていた。なん八屋とは、酒でも肴《さかな》でも、なんでも八文の店である。たいした金がなくても飲める店だった。

清吉は、この二日間日傭《ひよう》とりをして得た金が二百文懐に残っていた。しかしそれで全てである。

楓川の河岸で秀太に会い、つまらぬことを聞かれては煩わしいとは思ったが、酒を飲ませてくれて、飯も食わせて貰えれば、それでもいいかとついていったが、腹を満たす前に、立花とかいう同心に邪魔されて飲み損なってしまったのである。

むしゃくしゃしてここまで来たのは、ひさしぶりに賭場に顔を出そうかと思ったからである。

ただ、今日のむしゃくしゃは他人や世間へのものではなく、自分自身への苛立ちだった。

——憂さを晴らすには、酒か博打か……。

清吉は、紀伊國橋《きのくにばし》の西袂に立ったが、橋を渡るのを止めた。紀伊國橋を渡って、木挽町一丁目の路地を入れば、目的の賭場はあるのだが清吉は行くのを思い止まった。

清吉は半月ほど前に、その賭場から禁足を申し渡されていたのであった。その賭場で借りた三両の借金が返せなくなって、利子も膨らみ五両の返済を迫られていた。

いま顔を出したら、懐にあるなけなしの二百文まで有無をいわさずとられてしまうに違いない。

なにしろ胴元の吟蔵《ぎんぞう》という男は、しつこい男だった。一度こうと決めたら、ちょっとやそっとで、相手を許すようなことはしない。

半月前に禁足を言われた時も、

「遊びたかったら、貸した金をきれいさっぱり返してからにしてくんな。本当ならもう一度おめえの足腰が立たねえように袋叩きにしてえところだがよ、仁兵衛《にへえ》の旦那の手前もある。だがよ、いつまでも待てねえぜ。百文でも二百文でも持ってくるんだ。いいか、日を置けば置くほど利子もかさむんだ、覚えておきな」

そう言うと「おい、目障りだ」などと手下の彦六《ひころく》に言いつけて、清吉は摘み出されてしまったのだ。

「ちくしょう」

なっちゃいねえやと、清吉は飲み干した茶碗を飯台にたたき付けた。

「うるせえぞ、若いの」

向こうから怒声が飛んできた。清吉がこの店に入った時から、店の隅でとぐろをまいていた連中の一人だった。見るからに堅気《かたぎ》の人間ではない。面突き合わせている四人が四人とも、悪相の持ち主だった。

——ちぇ、なんだってんだ。

舌打ちして清吉は男たちから視線を逸らした。ひとことも返せねえで、これじゃあ負け犬の遠吠えじゃねえかと思ったが、清吉には向かっていく元気はなかった。

その時である。

「金に困っているようだな」

哀れみの笑みを浮かべて立ったのは彦六だった。

ぎょっとして見返すと、彦六は両腕を飯台につき、ぐいと顔を寄せてきた。

「そう怖い顔をしなさんな。実はな、おまえさんを探していたんだ」

「俺を……」

「仁兵衛の旦那が呼んでいなさる。すぐに会いたいと言っている。いいな、すぐにだ。伝えたぜ」

彦六はそう言うと、清吉の肩をぽんと叩いて店を出て行った。

――いったい何の用だ。

清吉は薄明りを踏んで南八丁堀を歩いていた。まだ五つ（午後八時）の刻の鐘は聞いた覚えがなかったから宵の口だと思った。

堀にはぼんぼりをぶらさげた船が上って行ったし、何人かの人が清吉とすれ違った。その人たちの中には、明らかに仕事帰りと思われる商人の姿もあったが、大半は遊び帰りの家族連れや若い男女だった。

弾んだ声で言葉を交わしながら、清吉とすれ違っていく。

――みんな俺より幸せなやつらばかりだ……。

清吉は、近ごろ幸せな人間を見ると、うらめしく思うようになった。

――ざまあねえやな……。

一人の女のために、たちまち転落していった情けない自分の姿が頭を過る。

二年前のことだった。

清吉が出来上がった指物を納めている問屋や小間物屋を回って店に帰ると、親方の

富蔵が、

「今夜おめえとじっくり話をしてえ。早めに仕事をしまって一緒にきてくれ」

清吉の耳に言った。小さな声で清吉の同意を求めるような口振りだった。

いつもの富蔵なら大声で怒鳴るように言ってのける。

なにしろ弟子は清吉を入れて三人で、あとの二人は、ようやく近ごろ硯《すずり》箱や書画を納める桐箱など任せられるようになったばかりで気遣いはいらない。

仕事の段取りにしたって誰に気配りする必要もなく、親方がなぜそんな言い方をしたかと清吉は怪訝《けげん》に思ったが、すぐに、

――そうか、いよいよあの話か。

と思った。

他でもない、親方の一人娘のおちかとのことである。

当時おちかは、清吉とは二つ違いの十九歳だった。富蔵にとっては大切な一人娘で、女房を早くに亡くしていたから甘やかして育て、おちかは弟子たちからみればわがままで高慢ちきな娘だった。

鼻持ちならない娘だったが、富蔵の娘とは思えない目鼻の整った娘だった。特にきゅっと睨《にら》むように見た時の、目尻の色気には心を奪われた。

清吉は、富蔵のところに弟子入りした時には、ゆくゆくは富蔵の鑑札も貰えるし、あわよくばおちかという綺麗な娘も掌中に入れることができるかも知れないと考えたが、まもなく諦めていた。

とても清吉が相手になど出来る娘ではないと思ったからだ。

ところが縁は異なもの、おちかは蚊遣り火を焚くのが大好きで、青い杉の葉を荷車で売りに来ると大量に買い求めていた。

ある時、裏庭で青葉を火にくべていたおちかが、短い叫び声を上げた。

杉の葉にからたちの枝がまじっていたらしく、刺がささったようだった。指を押さえていた。

丁度近くに居合わせた清吉は、おちかの指を引き寄せると、刺を抜き、その指からしたたり落ちる血を吸ってやった。

二人はそれがきっかけで、一年も前から一緒になろうと約束するところまできていたのである。

「清さん……」

仕事場を覗いておちかが清吉を呼ぶと、せっつかれている仕事がない限り、清吉は親方に目礼して立ち、おちかの供をして外に出た。

買い物をしたり神社や寺に参ったり、親方はそんな二人を黙って見てきたのである。腹の中では二人の仲を認めていると清吉は思っていた。

だから富蔵に似合わぬ深刻な声で話があると耳打ちされた時、清吉はてっきり、二人のこれからについて話があるものだと思っていた。

ところが、

「他でもねえ。おちかとおめえの事だが、なんにも言わずにおちかのことは忘れてくれねえか」

富蔵は松屋町の小料理屋の小座敷に入って、酒と膳が運ばれてくると、自分と清吉の盃に酒を満たしてからそう言った。

清吉は耳を疑った。親方は二人の仲を認めてくれていたじゃねえかと叫びたかったが、清吉は黙って見返した。

心が冷えていくのがわかったが、胸は富蔵の言葉を拒絶して激しく鼓動していた。

「おめえの言いたいことはわかっている。二人が好き合っているのも、俺は父親だ、知っていた。だがな、清吉。親というものはわが子には今よりいっそういい暮らしをして欲しいと思うものでな、おちかには願ってもねえ縁談が舞いこんできた」

「……」

清吉は、盃もとらずにじっと膳を見つめていた。相槌も打ちたくなかった。

「相手は、おめえも知ってる指物問屋の恵比寿《えびす》屋の若旦那だ」

清吉は、あっと思った。

恵比寿屋の若旦那は仙太郎《せんたろう》というのだが、一見色が白くなよなよした感じの優男《やさおとこ》で、女たらしと評判の男である。

清吉は何度も恵比寿屋に行っているが、一度も店に出ているのをみた事がない。清吉が見た仙太郎は、いつも女を両脇に連れ、町の中を雪駄《せった》を鳴らして歩いている姿だった。

——稼業を手伝ったこともねえあんな男に、親方は娘をやるのか。

清吉は富蔵を軽蔑した。そんな評判を、富蔵が知らないはずはなかったからだ。

仕事の上では、けっして手加減は許さない鬼の富蔵と呼ばれた男が、娘のこととなると、金があるというだけで盲目になってしまうのかと、弟子でいることさえも腹立たしく思った。

胸の焼けるような思いをしながら俯《うつむ》いて聞いていると、

「縁談を断れば、この先仕事にもさしさわりがある。何しろうちの仕事の大半は恵比寿屋から貰っている。それはおめえも承知だろ。おめえさえ気持ちよく納得してくれればと思ってな。何、安心しねえ、俺の鑑札はきっとおめえに渡してやるぜ」

ついに清吉は、真っ赤な顔をして立ち上がると、

「わかりやした。親方、どうぞご随意になさって下さいやし。ただ、あっしは今日限り辞めさせていただきやす」

清吉は、それだけ言うと、小料理屋を飛び出した。

清吉は、松幡橋を西に向かって転げるように走りながら、二度とこの橋を渡るものかと思ったものだ。

しかし行く当てのない清吉は、昔相模屋の長屋で「ねえちゃん」と親しみを持って呼んでいたおとめという女が、丸太新町《まるたしんまち》の裏店に住む大工のところに嫁入ったことを聞いていたから、そこにしばらく転がり込んだ。

そして清吉は、酒に溺《おぼ》れ、そして博打にのめりこんだ。いずれかに酔っている時だけは、人生を棒に振ってしまった悪夢を忘れることが出来た。

だが一人立ちしていない職人の持ち金など知れている。通っていた吟蔵の賭場で七両の借金が出来、支払えないとわかった時、清吉は吟蔵が飼っている若い者に紀伊國橋の上で袋叩きにあった。

半月前に、胴元の吟蔵が、もう一度袋叩きにしてやりたいと脅してきたのは、この

時の話だったのだ。

そう……その時、気を失いそうになりかけた清吉を、男たちはてんでにひきずって、橋の上から三十間堀川に投げ捨てようとしたのである。

「待ちなさい」

そこに現れて、清吉を救ってくれたのが、さきほど彦六が伝言を持ってきた仁兵衛の隠居だったのだ。

仁兵衛は、賭場の借金を払ってくれて、返済はある時払いでいい、困った時には訪ねてきなさいと霊岸島《れいがんじま》の家を教えてくれたのである。

清吉は、この時の恩を忘れてはいない。

——いま生きていられるのは、ご隠居のお陰だ。

清吉は深い思いから目が覚めて立ち止まった。

人の流れが途絶えたと思ったら、四つ（午後十時）の鐘が鳴っていた。

清吉は、霊岸島の東湊町の仕舞屋《しもたや》の前に立っていたのである。

目の前の家からは、ほのかな明かりが漏れている。

清吉は呼吸を整えると、その光に誘いこまれるように入って行った。

「秀太ぼっちゃん……」

長屋の戸を開けて出てきた女は、目をしろくろさせて秀太を眺めた。昔相模屋の長屋に住んでいた、おとめという女だった。

おとめは昔から秀太のことを、家持地主の相模屋の息子として、他の子供たちとは区別して、ぼっちゃんと呼んでいた。

秀太もびっくりまなこで、おとめを見た。

当時おとめは骨の細い女だった筈である。それが別人かと思ったほど、腰や胴回りばかりか腕にも首にも肉がつき、たのもしいおばさんになっていた。

おとめの豊かな胸は汗ばんだ単衣《ひとえ》がつつんでいたし、右手には五歳くらいの女の子の手を引いていた。そしてもう一方の左手には湯桶を抱えていた。子供を連れて湯屋に行くつもりだったようだ。

「しかしよくあたしがここに住んでることがわかったわね」

おとめは懐かしげに秀太の袖をとって中に入れようとしたが、その後ろにいる平七郎に気づいて怪訝な顔になった。

「少し聞きたいことがあってきたんだ」

秀太が言った。

何かこみ入った話らしいと、おとめは察したようだった。

「おいと、しばらく遊んでもらいな」

おとめは向こうの路地でけんけんをして遊んでいる長屋の女の子の方を顎《あご》で差し、おいとという娘の背を押しやった。そうして秀太と平七郎を神妙な顔で家の中に招き入れると、

「実はあたしも明日にでも、秀太ぼっちゃまを訪ねてみようと思ってたのさ。ぼっちゃまが北町のお役人様になったって噂《うわさ》は聞いていたからね」

と言いながら、おとめは、平七郎にぺこりと頭を下げた。

「立花さんという先輩だ」

秀太は平七郎を紹介して、

「話というのは清吉のことじゃないのか。私がここを訪ねてきたのもその事なんだ」

おとめに言った。

「まさか、もうやっちまったんですかね」

おとめは、不安な表情で秀太を見て、それから平七郎を見た。

「おとめだったな。もうやっちまったとは何の話だ。話してくれぬか」

「あの、それじゃあまだ、お役人様に追われているってわけじゃあないんですね」

おとめはほっとしたように胸に手をあてると、急いで台所に立ち、冷やしたお茶でもどうぞと運んで来ると、二人を上がり框《かまち》に腰を据えるように誘い、自分も盆を持ったまま板の間に膝を揃えて座った。

「じつは、昨日の夕刻、清ちゃんがここに来たんですよ……」

おとめは秘密を告白するように、小さな声で告げた。

「清吉がここに？」

平七郎は言い、秀太と顔を見合わせた。

二人は清吉の住まいもわからなかったことから、秀太がもう一度宗助に聞きにいったが、宗助も清吉の住まいは知らなかった。

ただ宗助は、清吉から、親方のところを飛び出した直後に、おとめの家で厄介《やっかい》になっていたことを聞いていた。

それで二人は、もしやと思い、おとめを訪ねてきたのだった。

おとめは言った。

「久し振りだったんですよ、清ちゃんがここに来たのは……ところが清ちゃんたら、もう会えなくなるかもしれない、おとめねえちゃんにはずいぶんお世話になったから挨拶《あいさつ》にきたんだなんて言うもんですから、あたしも心配になって聞いたんですよ。なんでそんなことを言うんだって」

おとめは、きっと目を見開いて二人を見た。そして溜め息をひとつ吐くと、

「そしたら、仁兵衛のご隠居に頼まれたことがあるんだって。中味は言えねえが危ない話だからよって」

「仁兵衛のご隠居……」

平七郎はおもわず声を上げた。

まさかとは思うが、一色弥一郎から聞いた隠居姿の赤猫の仁助のことが頭を過った。

その仁助が、小野屋殺しの張本人だということは、大方予想がついていて、仁兵衛と名乗っていることもわかっている。

「そのご隠居というのは、何でも清吉さんの恩人だと言ってましたよ」

「恩人だと……」

「ええ、殺されそうになったのを助けてくれたって……」

とおとめは言った。

親方と袂を分かった清吉が、おとめの家に居候しながら、無茶な暮らしをしていた時、賭場につくった借金のために殺されそうになったことがあった。

その時助けてくれたのが仁兵衛という見ず知らずのご隠居だったと聞いている。清吉は仁兵衛に助けられたことで、もう一度やりなおそうと考えるようになったのだ。

そこで清吉は、最初の親方藤兵衛のところで一緒に修業していた兄貴分の佐之介《さのすけ》を頼って小舟町《こぶなちょう》を訪ねて行った。

佐之介はその町で一本立ちして、長屋は長屋でも間口二間の家を借り、仕事を始めていたのである。

佐之介は黙って清吉に仕事をまわしてくれたという。

やがて清吉は、おとめの住まいを出て平松町《ひらまつちょう》の長屋を借りた。

実入りの少ない仕事も喜んで引き受けて、三両もの金を貯めたとおとめに報告にきたこともある。

ところが先頃、佐之介から思いがけないおちかの近況を聞いたのである。佐之介は藤兵衛親方から聞いてきたのだった。

「それがさ……」

おとめはその時の様子を、溜め息まじりに告げた。

「恵比寿屋に嫁に行ったおちかさんが、仙太郎さんとおりあいが悪く、父親の富蔵さんが病に伏せったのを潮《しお》に実家に帰ってきてるんだって……それに、富蔵さんは長い間仕事もできなくって借金かかえてんだって。その借金のために、おちかさんは近々妾奉公に行くとかなんとか聞いてさ、それで清ちゃんはまたおかしくなっちまったんですよ」

「すると今は、佐之介のところの仕事はしていないのか」

秀太が聞いた。

「らしいね。またここに転がり込んできた時の暮らしに戻ったらしいね。昔の賭場に出入りし始めてたらしいから、また借金でもつくって、にっちもさっちもいかなくなっているんじゃないかと思うのよ。そうじゃなきゃ、何かしらないけど、恐ろしい仕事を引き受けるわけないもの。私がね、まさか清ちゃん、お縄になるようなことするんじゃないだろうねって聞くと、寂しそうに笑ってさ……あたし、夕べ一晩考えて、亭主とも相談してさ、今なら間に合うかもしれないと思ったもんだから……ねえ、助けてやって、お願いします」

ひととおり話し終わると、おとめはよけいに心配になったらしく手を合わせた。

「仁兵衛の隠居か……」

平七郎が呟くと、

「はい、仏様のような人だと、清ちゃんは言ってましたけど、危ないそんな用事を言いつけるんじゃ仏のわけがない、鬼だよ鬼。そうそう、思い出した。仏様のような人だと言ってた時、そのご隠居の額には大仏様のようなほくろがあるんだって、清ちゃん笑ってましたけどね。とんだ仏様だったって訳さね」

「平さん」

秀太が険しい顔を向けた。

「うむ」

二人はそれで、おとめの家を出て来たが、

「秀太、お前は平松町の清吉の長屋に行ってみてくれ」

長屋の木戸口まで来て立ち止まると、平七郎は秀太の横顔に言った。

「はっ、はい」

秀太は、ふと目覚めたような声を出した。どうやらあまりの事の成り行きに沈思していたもようである。だが、しっかりと頷いた。

そうして平七郎は、富蔵父娘の住む、蚊遣り火の上るあの家に向かったのである。

六

「清さんのことで？」

箒《ほうき》を持ったまま平七郎を見返したおちかの顔に、動揺が走り抜けた。

富蔵の家を訪ねた平七郎は、最初表から家を覗いてみたが、土間もその奥に続く板の間もがらんとしていた。しかも板の間には指物師が使う木の台が隅によせて重ねてあったし、つくりかけの半襟簞笥《はんえりだんす》や煙草盆《たばこぼん》が所在なげに置かれていた。

長い間、仕事場になっている板の間は、使われてないように見えた。

それで平七郎が裏に回って垣根から庭を覗くと、蚊遣り火を焚いていたあの女が、抜いた夏草を箒で集めていたのであった。

「そうだ。少し話を聞きたいのだが、いいかな」

平七郎が柴垣の戸を押して庭に入って行くと、

「お、おちか、おちか」

部屋の中から声がした。

「おとっつぁんなんです」

ちらとおちかが座敷を見やると、小さい声で言った。

日の光は、座敷の中三尺ほどにも差し込んでいるが、その先の黒く陰になった場所に痩せた老人が横たわっていた。老人は富蔵に違いなかった。

「せ、清吉か……」

富蔵は左手をあげて、宙を探るような所作をした。

「清さんがここに来る訳ないじゃない」

おちかが大きな声でいさめると、

「せ、せい……せい……」

富蔵は感きわまって、はあ、はあと、言葉にならない感情を熱い息で吐き出している。一見するに、富蔵の体はよほど悪いように見受けられた。

「すみません。表におしるこ屋があります。すぐにまいりますから、そちらでお待ち下さい」

おちかは平七郎にそう言うと、慌《あわ》てて部屋に上がって行った。

平七郎は、やって来た路地を引き返した。

おしるこ屋はすぐにわかった。

店に入って衝立《ついたて》のある小座敷にあがるとすぐに、追っかけるようにしておちかがやって来た。

「申し訳ありません。体を壊してから心まで弱気になってしまって……おとっつぁん、清吉にもお前にも悪いことをしたって、ことあるごとに」

「そうか、じつはな……」

平七郎が、知り得た清吉の近況をつげ、ぬきさしならない状況におかれている事を告げると、

「本当に清さん、赤猫とかいう悪い人と繋がってるんですか」

おちかはとても信じられないという顔をした。

「まず間違いない」

平七郎が言いきると、おちかはしばらく身じろぎもしなかった。

やがておちかは吐息をついて、

「私たち父娘のせいですね。清吉さんをそんな風にしてしまったのは……。でもね、立花様、私だって家出してでも清さんと一緒になりたいと思ったんです。だけど、出来なかった。恵比寿屋からの話を断れば仕事の取引はこの先無しにしてくれと言われたって、おとっつぁんから聞いてしまって……」

でも罰があたったのねとおちかは、寂しげに笑った。

おちかの話によれば、仙太郎はおちかと一緒になっても稼業に身が入らず、外にも女をつくって次第に家によりつかなくなった。

おちかには子が出来なかったことから、舅姑からは原因はそこにあるのだと冷たくされて、富蔵が病に倒れたのを潮に、婚家を出て来たのだという。

それを待っていたかのように、おちかは離縁させられた。同時に恵比寿屋との取引は停止となり、病で指物師として続けられなくなった富蔵の家業は廃業に追いやられた。

残っていた二人の弟子も、まもなく暇《ひま》をとって出て行ったのだ。

「ですから清さんが、私のことをいまだに思っていてくれるなんて、信じられません。私にそんな値打ちはございません」

「そうかな、清吉にとってはいまだに女子はお前ひとりなのだ。蚊遣り火を対岸で見つめていたのがなによりの証拠」

「……」

「俺は思うに、清吉がここを出た直後に賭場通いを始めたのは、捨て鉢になったからに違いないが、つい最近の、二度目の賭場通いは、お前たち父娘の窮状を知ってのことかも知れぬ」

「立花様……」

おちかは、驚いたように一瞬目を見開いた。

平七郎は頷いた。おちかの表情を読みながら話を続けた。

「清吉も男だ。蓄えていた三両の金では、お前たちを救えるとはとても思わなかった。だからこそ博打に走ったのではないかな。お前を救えてこその男だと清吉は思ったに違いないのだ」

「……」

「はたから見れば馬鹿な奴だ、清吉は」

おちかの瞳が不安と哀しみに揺れている。その瞳を見詰めて平七郎は言った。

「だが、そんな男だからこそ、恩や情にほだされて悪に手を染めてしまうのだ」

「立花様、どうすれば清吉さんを悪の手から救えるのでしょうか」

「ここにきっと来るはずだ。その時、必ずひきとめてくれ」

平七郎は、おちかの目を捕らえて言った。

「平さん、お疲れのところをすみません」

小舟町にある小料理屋『花の』の門を入ると、辰吉が待っていてぺこりと頭を下げた。

「こんなところに呼び出して、どうしたのだ」

平七郎は玄関に向かいながら、辰吉に聞いた。

勤めから帰宅すると、下男の又平が、

「おこうさんから伝言です。本日、暗くなるのを待って『花の』に出かけて下さるようにとのことです」

と言ったのだ。

平七郎はいったん自室に入って羽織を脱ぎ捨てると、着流しのまま、この小料理屋にやってきたのであった。

「いや、思いがけない人がひっかかりましてね。ただ、人の目をはばかっておりまして」

と辰吉は言った。

辰吉は、殺された小野屋が一時期通っていた賭場を探していた。

そこで赤猫と小野屋が関わりを持ったと思われたからだ。

「まず平さんに話を聞いていただいたほうがいい、おこうさんもそうおっしゃって」

辰吉は、それで口を噤《つぐ》んだ。

そして、小料理屋の廊下を渡ると、今度は下駄に履き替えて、行灯の灯に染められた離れの小座敷に連れて行った。

「平さんがおみえになりやした」

辰吉が声をかけると、障子が開いた。

灯が縁側に流れてきて、その向こうのおこうが頭を下げた。

「平七郎様」

「うむ」

平七郎が部屋の中に入ると、行灯の側に商人体の男が一人、神妙な顔をして座っていた。

「こちらは、新右衛門《しんえもん》町の筆屋『菊田屋《きくたや》』の多兵衛《たへえ》さんです」

おこうが商人の名を告げると、

「菊田屋多兵衛でございます」

上方なまりで言い、深々と腰を折った。

「立花平七郎という。話を聞こうか」

平七郎は多兵衛の前に座ると、男の怯《おび》えた顔を見た。

「じつは、私も小野屋さんと同じように殺されるのではないかと、おそろしくなりまして」

「ほう……するとお前は、小野屋が誰に殺されたのか見当がついているのだな」

「はい。小野屋さんから聞いておりました」

「赤猫のことかな」

平七郎は険しい目で菊田屋を見た。

「はい。盗賊赤猫のことです。立花様、小野屋さんを殺したのは赤猫です」

「……」

平七郎は、菊田屋を見詰めたまま、黙って頷いた。

「私は小野屋さんから、赤猫に殺されるかもしれないと、それまでのことを全て打ち明けられていたのでございます。お奉行所に届け出ようかどうしようかと迷っていたところに、一文字屋さんが訪ねてみえまして。ええ、小野屋さんと私の関係を聞きにです」

菊田屋は内心おののいた。一文字屋の調べで自分の存在が知れたということは、赤猫の仁助にはとっくにばれているのではないか。

菊田屋は腹を決めた。それで平七郎に全てを伝える気になったのだと言った。

平七郎は、驚愕しておこうを見た。

おこうは静かに頷いて、

「菊田屋さんは、小野屋さんが通っていた賭場に、しばらく遊びに行ったことがあるようです。そこで二人は知りあって、賭場から足を洗ったあとも時々会っていたようなんです。でも、赤猫の話を聞いたのはついこの間、小野屋さんは自分が殺されると恐れていたのでしょうね。菊田屋さんに、赤猫とのことを全てうちあけたと、そういうことです」

「そうか……で、どこだ、その賭場は」

「平さん、吟蔵とかいう男が胴元をやっている賭場ですよ」

「なに……」

やはりというか、清吉が通っていた賭場も胴元は吟蔵だった。

「よし、小野屋から聞いた話を順を追って話してくれ」

平七郎は、座り直して菊田屋を見た。

七

圓覚寺《えんかく》の塀際には多数の竹が植わっている。その竹が平七郎と辰吉が潜んでいる積み上げた天水桶の近くまで、長い影をつくりはじめている。

七つ（午後四時）の鐘が鳴って随分になるから、日の光がこの霊岸島の町並みから落ちていくのも、一刻もないだろうと平七郎は思った。

辰吉は、目の前にある仁兵衛の屋敷を、朝から見張っていたし、平七郎は秀太と打ち合わせをして、昼ごろからここに来ている。

この間、仁兵衛の家には誰も訪ねてこなかったし、出かけて行く者もいなかった。

平七郎は、時折、じんわりと吹き出してくる首の汗を拭いながら、昨夜の菊田屋の話を思い出していた。

菊田屋の話によれば、吟蔵の賭場で店の沽券《こけん》までとられるハメになった小野屋は、仁兵衛こと赤猫の仁助から、押し込みを手伝わないかと誘いを受けたのだ。

手伝えば借金は全てなくなる、店も立て直せるという甘い言葉に心を奪われて、小野屋は赤猫の一味に加わった。

赤猫の一味は、仁助が頭だった。手下は賭場の胴元をやらせている吟蔵と彦六、この二人は常々の仲間だった。それとは別に、仁助は二人か三人の仲間を仕事をするたびに誘った。その者たちは吟蔵の博打場にくる金に困った男たちだった。

つまり仁助は、仕事のたびに仲間を代えていたのである。それも、どこにでもいる商人など町の人間で、世間から見れば、間違っても盗賊とは見えないような人たちだった。

仕事が終われば幾許《いくばく》かの金をやって、それで終わりで、俄《にわか》仲間とはきっぱりと縁を切った。

このやり方が、奉行所の探索を躱《かわ》してきたのだった。

ところが、どこでどう聞いてきたのか、倉助という男が、仁助と小野屋の顔を覚えていたということが耳に入り、仁助は小野屋に倉助を殺すように言いつけた。

しかし小野屋はそれを断った。確かに手下として押し込みの仲間に加わったが、小野屋は人を殺してはいなかった。見張り役だったのだ。

小野屋はもう手を悪で染めたくないと仁助のいいつけを撥《は》ね除けたのだ。それで殺されたのだと菊田屋は言うのであった。

仁助は、どんなことをしても倉助を殺さねば、この江戸で安心して暮らせないと小野屋に言っていたらしい。

——なるほど、そういうことか……。

平七郎は菊田屋から視線を外した。

すると、菊田屋の話から考えられることは、仁助から仕事を押しつけられた清吉の仕事とは、倉助殺しかもしれないと、平七郎は思ったのだ。

昨日秀太が清吉の住まいを訪ねているが、すでにもぬけのからだったという。清吉は大家にも暇を告げていた。覚悟をして長屋をひき払っていたのである。

――俺の推測どおり倉助殺しを頼まれたとしたら、江戸を離れるつもりだな。

平七郎を今日の昼からここに張り込ませている理由はそれだったのだ。

だが、どうやら無駄足だったようだと、組んでいた腕を解いたその時、ふいに仁兵衛が住む仕舞屋の格子戸が開いた。

「平さん」

辰吉が小さいが緊張した声をあげた。

二人の視線の先に、清吉が辺りに気を配りながら出て来たのである。

「辰吉、あとは頼んだぞ」

平七郎は、清吉が町の大通りから霊岸橋川ぞいの道に出て、右手に曲がったのを見届けて、潜んでいた所を出た。

清吉は、霊岸橋を渡ると北に向かって歩き、南茅場《みなみかやば》町の通りを今度は西に向かった。そして海賊《かいぞく》橋を渡ると左に折れて、三十間堀に沿って南に歩き、本材木《ほんざいもく》町四丁目の角を曲がって福島《ふくしま》町に入り『松屋』という酒屋の前の物陰に体を潜めた。その眼は松屋の店先にじっとそそがれている。

「やはりな……」

平七郎は、息を詰めて見守った。

松屋は、倉助が現在奉公している店だった。

「倉助、それじゃあ頼んだよ」

まもなく、番頭と思しき人に送られて、菅笠に旅姿の男が出て来た。

「こんな時刻に出立とは気の毒な話だが、向こうでおかみさんがいっこくも早くと待っておられる」

番頭の言葉に、倉助と呼ばれた男は何度も頷くと、楓川沿いの通りに出て、早い足取りで南に向かった。


――やっ。

倉助の後を尾ける清吉の後を追いかけようとした平七郎は、清吉を尾ける男の影に気づいた。

姿はみせていないが、強い殺気を平七郎は感じていた。

清吉が急げば殺気も動いた。

――ただ者ではないな。

平七郎は影を踏みながら、油断なく清吉を追って行く。

しかしその先を行く倉助は、万に一つも自分が尾けられているなどとは知らぬらしい足取りで、ぐんぐんと歩いて行く。

松幡橋近くに来ると、日はとっくに暮れていた。

通りは商家の軒につるした軒行灯の淡い光と半月の蒼い光が照らしていたが、すでに人通りは絶えていた。

倉助は店を出てから少しもかわらぬ歩調でぐいぐいと歩いていたが、ふいに松幡橋の袂で膝を折った。足下に手をやっている。草鞋《わらじ》の紐を結び直しているらしかった。

その時だった。

清吉が猛然と倉助の背に向かって行ったのである。その手には光るものが見えた、匕首のようだった。

「危ないぞ、秀太！」

平七郎が叫ぶと同時に、倉助が菅笠をとって立ち上がり、当たってきた清吉を躱して横に飛んだ。

清吉は空を刺して、そのいきおいで前につんのめったが、すぐにくるりと向き直って倉助に向いた。

だが驚愕して叫んだ。

「秀太……」

倉助はじつは秀太が変装していたのだった。

平七郎と秀太で松屋を訪ねて行き、主にも同席してもらって、秀太が倉助になりすまして、赤猫たちのおとりとなったのだった。

「だ、騙したのか」

清吉は、匕首を握り締めたまま、呻くように言った。

「清ちゃん、お前が倉助を襲うことはわかっていたんだ。だから俺が身代わりになった。お前に罪を犯させたくなかったのだ」

清吉は目を見開いて震えている。

「清吉そういう事だ。手にある刃物を捨てろ。今ならやりなおせる」

「う、う……」

清吉は行き場を失って路地の闇に駆け込もうとした。だがそれより早く、その路地から清吉に弾丸のように向かってきた者がいる。

「危ない！」

平七郎は飛び出して、清吉を突き飛ばした。

路に無数の小判が落ちる音がした。清吉の懐から、転げ落ちたものだった。

清吉は、慌ててその小判を拾おうと手を伸ばした。

その清吉に、再び弾丸のような男が、襲いかかってきた。

平七郎は、清吉の前に飛び込むと、その男の足を払った。

どさりという鈍い音がして、男は地面に落ちた。

すかさず平七郎は、その男に歩み寄って胸倉をつかみ上げ、匕首を握っていた腕をねじ曲げた。

「いてててっ」

男が叫んだ。

「彦六さん……なぜだ、なぜ、俺を……」

清吉が驚いて、その男の顔を見た。男は賭場にいる彦六だったのだ。

「そうか、お前が彦六か。いいかよく聞け、彦六。今ごろ霊岸島の赤猫の家には町方が入っているはずだ。もう、なにもかも終わったのだ」

平七郎は彦六の腕を素早く縛り上げると、呆然として尻餅をついて、拾い集めた金を抱えている清吉に、

「清吉、その金は仁兵衛に貰った仕事の金だな。おちかに持って行くつもりだったのだろうが、そんな金を貰って喜ぶはずがないぞ。その金はここに置いて、おちかに会ってこい」

「……」

「おちかはな、お前にわびていたぞ。父親の富蔵もすっかり弱気になっているらしい。お前が顔を出してやればきっと喜ぶ」

「まさか……嘘だ……嘘だ」

清吉は、よろよろと立ち上がった。

「嘘だと思うのならそれでもいい。だが、俺は思うぞ。おちかが蚊遣り火を焚いていたのは、きっと、お前との思い出を噛《か》み締めていたんじゃないかとな……」

清吉の目が、月の光で濡れているように見えた。

「秀太、帰るぞ」

平七郎はそう言うと、彦六を縛った綱を秀太に渡し、くるりと清吉に背を向けて、足早に歩きはじめた。

「平さん待って下さい。こいつ、きりきり歩け！」

秀太は、彦六の背中を強く押しながら、平七郎のあとに従った。

だが平七郎は、数にして二十歩か三十歩歩いて、またくるりと後を向くと、

「秀太、見ろ」

にやりと笑った。

平七郎と秀太の視線の先に、蒼白く照らされた松幡橋が浮かび上がって見え、その橋の上を転げるように走る清吉の姿があった。

第二話　秋《あき》　茜《あかね》

一

朝の斜光は緑葉を照り返し、ゆらゆらと柔らかい光を地上に落としていた。

そしてそこには一面に、昨夜の露《つゆ》をたっぷりと蓄えた濃緑薄緑の苔《こけ》が盛り上がりを見せて群生し、蟬《せみ》はその緑の絨毯《じゆうたん》に染み入るように鳴いていた。

――夏を惜《お》しんで鳴く声だな。

平七郎は、耳朶《じだ》に月心寺《げっしんじ》の蟬の声をとらえながら、その目はさらさらと抹茶を点《た》てる若い娘の白い手を見詰めていた。

場違いのところに迷いこんでしまったような落ちつかない気分で、息を殺して正座していると、抹茶を吸いきる音がして満悦の声が上がった。

「いや、結構なお点前《てまえ》でござった」

笑みをたたえたのは、北町奉行榊原主計頭忠之《さかきばらかずえのかみただゆき》だった。

「おそれいります」

娘はやわらかくほほ笑んで一礼すると、いま点てたばかりのお茶を右膝《ひざ》前にすっと置いた。

三人が座しているのは、いつもは榊原奉行と平七郎が密談をする茶室である。平七郎が人知れず榊原奉行の懐刀《ふところがたな》として、町の治安のために特命を受ける格別の場所だった。

二人の他に余人の入れる室ではなかった。女人はおろか、寺の坊主でさえ滅多に入室させない部屋だった。

それがこともあろうに、見知らぬ武家の娘が一服の茶を点《た》てるためにこの室に現れようとは、平七郎は夢にも思わなかったことである。

今日未明のことだった。

榊原奉行の家士で、今は北町奉行所の内与力をつとめる内藤孫十郎《ないとうまごじゅうろう》からの使いが役宅にやってきて、急いで寺に参るようにという伝言を置いて帰った。

そこで平七郎が朝餉《あさげ》もとらずに参上すると、既《すで》に奉行は到着していて、茶室に向かう方丈の廊下に和尚と座して庭を眺め、なにか雑談をしていたようだ。

平七郎の顔を見るとすぐに立ち上がり、

「朝餉もまだだろう。せめて菓子ひとつ、茶の一服も馳走《ちそう》しようと思うてな」

などと言って、いつもの茶室に入ったのである。

驚いたのは、茶を点ててくれるのが、麗《うるわ》しい武家娘だったことである。

不躾《ぶしつけ》に睨《ね》めまわすことははばかられたが、平七郎が打ち見たところ、色白で面長、睫《まつげ》の長い娘であった。

しっとりとした腰つき、落ち着いた袱紗《ふくさ》さばきから、娘は武家は武家でも格式の高い家の子女かと思われた。

「立花」

戸惑いながら想いをめぐらしていると、榊原奉行の声が飛んできた。

早く茶をいただけという顔をして、平七郎を見ている。

「はっ、では頂戴《ちょうだい》します」

平七郎は、娘の置いた茶碗を自身の膝前に引き寄せて、黙礼した。

茶を喫《きっ》して、平七郎が娘に茶碗を戻すと、娘は茶碗の始末を手早くして、榊原奉行に手をついて一礼した。

「お手をかけたな、奈津《なつ》どの」

榊原奉行はにこにこして娘に言った。

「はい」

娘は、小さく返事をして静かに立った。

——はて、どこかで聞いたことのあるような名だが……。

いつか母から聞いた縁談の相手、旗本の娘ではないのか——。

しかしあの縁談は結局母も納得して、非礼のないように身分違いを理由に丁重に断った筈《はず》である。

——まさかとは思うが……。

そこまで考えた時、平七郎の胸にはかすかなさざ波が立っていた。平静を装って視線を逸《そ》らし、畳の一点にその目を落としていたが、心穏やかなはずがない。畳を擦る絹の音がつつましやかに廊下に出て行くのを、じっと耳を立ててとらえていた。

「こたびの頼みは秘中の秘だ」

榊原奉行は、面前に平七郎が座り直すと顔をひきしめて言った。

先程茶を点てた娘に向けた表情とはがらりと変わっている。黒い眼の奥から、まっすぐに視線が向けられていた。

「そなたは、この春まで火付盗賊改役《ひつけとうぞくあらためやく》だった市岡勘解由《いちおかかげゆ》を知っておるかの」

「面識はございませんが、加役が市岡様であったことは承知しております、確か市岡様は当分加役だった筈」

平七郎は、榊原奉行を見返した。

火付盗賊改役には本役と当分加役があって、いずれも御先手組頭《おさきてくみがしら》から選出されてお役につくが、本役の任期は一年、当分加役は火事の多い十月から翌三月までの半年をつとめる。

ただ、そうはいうものの任期は任期として、たいがいは引き続きつとめることになるのだが、手柄をたてれば更に出世も叶《かな》う、武官としては注目すべきお役目だった。

榊原奉行は頷《うなず》くと、

「あろうことか、その火盗のお役目にある者が不正を働いているという投げ文があった」

平七郎をじっと見た。

「投げ文ですか」

平七郎は怪訝《けげん》な顔で見返した。

投げ文は正式な訴えではない。なかには面白半分の悪戯《いたずら》もある。

「文には犠牲者が出ていると、その名も記してあるのだ」

榊原奉行はそう言うと、懐から折り畳んだ文を出して膝前に置いた。

「読んでみろ」

「はっ」

平七郎は奉行の前に膝を寄せると、文をとって後ろに下がり、その文を開いて墨跡の流れを追った。

字は女文字かと思われたが、驚くべきことが記してあった。

その告発とは、米沢町《よねざわ》にある蠟燭《ろうそく》問屋の播磨屋《はりまや》久兵衛《きゅうべえ》の自害は、商争に負けて客が減り、仕入れ先への支払いも滞《とどこお》るようになり、店の沽券《こけん》を失ったことが原因だとされているが、事実はそうではない。

事の真相は、断りきれずに足を踏み入れた博打《ばくち》にある。その賭場は御先手組頭、当分加役の市岡勘解由様のお屋敷ですとあった。

「お奉行……」

平七郎は、顔が強張《こわば》るのを覚えていた。

榊原奉行は平七郎が読み終わるのを待って言った。

「そこにある播磨屋久兵衛というのは、確かに先月蔵で首をくくって死んでいる。うちの定町廻りが検死に行っているが、文にあるような調べで決着しているのだ。わが奉行所の者が裁定したものをほじくりかえすことにもなるのだが、奉行所の面子《めんつ》よりも真実をつきとめることこそわれらの務めだ」

「……」

「それに、町人を誘い入れて不正の賭博《とばく》を行っているのが旗本屋敷で、しかも火盗のお役目にある者とあらば、御政道が問われる。放ってはおけぬ」

奉行として内心を打ち明ける榊原主計頭の瞳は、窓から差し込む淡い陽の光を受けて、深いところできらりと光ったように見えた。

「しかし御奉行、市岡様はれっきとした旗本」

「かまわぬ。すべてが判明したところで、間違いなく投げ文の通りなら、そこで目付殿に引き渡せばよい」

「……」

「肝心なのは、事実かどうか詳細を知る必要がある。事は急ぐのだ」

榊原奉行は平七郎の心を打診するような目を向けた。

「立花、市岡は近く本役になるという噂《うわさ》もあるのだ。その人事の決裁がおりるまでに真相を知りたいのだが……」

榊原奉行は慎重な目で平七郎を促した。相手が相手である。事によっては、こちらが足下を掬《すく》われるかもしれないのだ。

「承知致しました」

平七郎は顔を引きしめて頷いた。

——しかし即諾はしたが……。

茶室をさがり庫裏《くり》を出て、初秋の庭に踏み出したとき、平七郎はかすかな不安にとらわれていた。

なにしろ探索先は旗本屋敷、奉行所の同心が公然と侵入できる場所ではないのだ。

奉行の熱意に引き込まれたなと、平七郎は笑みを漏《も》らした。

榊原奉行から『歩く目安箱』としての内命をおわされて、今日のような探索を仰せつかって随分《ずいぶん》になるが、榊原奉行の奉行としての信念には同心として敬服するばかりである。

そう思った時、不安は遠のいて、代わりに大事の前の緊張感が全身にみなぎるのを覚えていた。

そして、榊原奉行から信頼されていることの幸せを噛《か》み締めながら、平七郎は夏の名残りの蝉の声に送られて門に向かった。

だが、ふっと蝉の声が飛び立った時、平七郎は背後に視線を感じて振り返った。

一瞬のうちに先程拝命した探索のことは頭から払われて、茶を点ててくれた美しい娘のことが頭をよぎったのである。

だが、寺院はひっそりと静まりかえって人の影はなかった。秋を告げる優しい風が吹き抜けただけだった。

「ふむ」

再び門前に向かって歩を進め始めると、平七郎の思案はまた、奉行に命じられた探索のことで占められていた。

二

「おい、あれは何だ。何があったんだ」

平七郎が大川に架かる新大橋の西袂《たもと》に立った時、異様に興奮した声を上げながら、橋の東袂に走って行く数人の町人が目に留まった。

その対岸に目をやると、人々が集まっているのは、紀伊《きい》家下屋敷の南を流れる小名《おな》木《ぎ》川に架かる万年《まんねん》橋のようだった。

小名木川は、大川に架かる新大橋の南から東に向かって中川まで抜ける、川幅二十間余り、長さはおよそ一里十町の川である。

徳川家康が行徳《ぎょうとく》の塩を御府内に運び入れるために通したものだった。

そして万年橋は、小名木川が大川に接する所、大川に一番近い場所に架かっている長さ二十二間、幅二間の弓を伏せたような中高の美しい橋である。

大川の西側からこの橋を望むと、弓なりの美しい姿につい見惚《みと》れる。逆にこの橋の上から望む富士の山は絶景だった。

ただ、この万年橋のある本所深川あたりは、余程のことがない限り、平七郎たち橋廻りが積極的にかかわることはない。

なにしろ本所深川には、諸事万端を仕切る別の同心がいたからである。

役職名を本所見廻りといい、諸事の中には橋の保護普請も入っていた。人員は与力一騎と同心二人。平七郎たち橋廻りが下手にかかわれない。他の部署に首をつっこむことになるからだ。

だが、数日前に深川の洲崎《すさき》で派手な、やくざ者たちの殺しあいがあったことを平七郎は思い出していた。

――本所見廻りの者たちも手薄になっているに違いない。

相身互いだと、平七郎は町人たちの後から橋を渡って万年橋の北袂に立った。

すると、橋の南袂近くの橋脚に柴《しば》や小枝が固まってひっかかっていて、何人かの泳ぎ達者な者が水の中に入ってそれらに縄をかけ、陸に上げる作業をしているところだった。

だがよく見ると、別の縄が橋下の石段から伸びていて、その先には、ぐったりした男の体が縛《しば》りつけられ、いままさに引き上げられるところだった。

「お役人様、まだ脈があります！」

水の中でぐったりした男の体を支えていた裸の男が、石段の水際に立つ同心に叫んだ。

「よし、慎重に扱え！」

裸の男たちに、その同心が手を振った。

平七郎はおもわず声を上げた。

「秀太じゃないか」

秀太は、着物の裾《すそ》を帯の後ろに引き上げて挟み、白い下帯をあられもなく出して、水際で大声を出していた。

平七郎は苦笑すると、橋を渡った。

なにしろ秀太は、水に足を入れるでもなく、ただ水際で立ってるだけなのに、大袈《おおげ》裟《さ》に裾を引きあげて妙に張り切っているのである。

橋の上で渋い顔をして帳面をつけている秀太とは格段の違いがあったのだ。

平七郎が橋の南袂の石段を下りると同時に、ぐったりした男は橋下の岸に上げられていた。

男は町人だった。首から木の箱をつりさげていた。箱には『花輪糖《かりんとう》』とある。近ごろ流行《はや》り始めた、花輪糖売りのようだった。

「秀太」

後ろから声をかけると、

「平さん」

振り返った秀太は、びっくりした顔で石段の下から見上げて、

「通りかかったらこの有様で、放ってはおけないと思いまして」

思いがけない事件との遭遇に声が上ずっている。

「戸板は？」

「いま番屋にとりにやったのですが」

秀太が土手の上をじれったそうな顔で見上げた。

引き上げた男に脈があるだけに、一刻もはやく医者に運ばねばと焦っているのである。

するとそこに、猪牙舟《ちょき》が近づいて来て、

「平七郎様」

舟を岸につけ、ぴょんと飛び下りてきたのは、永代橋の東袂にある茶屋おふくの船頭源治《げんじ》だった。

源治は小柄ながら、赤銅色の肌を持つ初老の男である。

平七郎が黒鷹と呼ばれた頃、源治は平七郎の手足となって舟を漕《こ》ぎ、犯人の捕縛に川筋を駆けた。

それがいまだに忘れられず、もう一度平七郎を自分の舟に乗せて走りたいと、鬢《びん》がおおかた白くなった今も「腕をにぶらせちゃあいけねえ。旦那のお供をもう一度してえ。それがあっしの命です」などと言い、いまだに櫓《ろ》を漕いでいる。

「源治か、丁度良かった。すまぬがこの男を道哲《どうてつ》先生のところまで運んでくれぬか」

平七郎が言った。

「承知しやした」

源治は頷くと、急いで小者たちの手を借りて男を舟に乗せ、それに平七郎と秀太が乗りこんだのを確認するや否や、小名木川沿いにある海辺大工《うみべだいく》町の東端に開業している医師道哲の診療所に急いだ。

道哲とは黒鷹の時代からの知り合いだった。年はとっているが、気骨も情もあり、なにより医師としての腕も確かだった。

果たして、気を失った男を運び入れて半刻、汗だくで男の口に息を入れ、胸を押さえたり離したりしていた道哲が、

「よし、まずこれで命は助かった」

息を殺して見守っていた平七郎と秀太に言った。

ほっとして平七郎は秀太と見合った。後ろに控えている源治にも平七郎は頷いてみせた。

青白かった男の頰《ほお》に血の気が差し、唇も瞬《またた》く間に赤くなった。

「さすがは先生だな、かたじけない」

「何、礼をいうのはまだ早い。助かったがこの男、誤って川に落ちたのではないな。むろん身投げでもない」

「殺しか……」

道哲は言いながら、男の首にくっきりと浮かび上がってきた指の痕《あと》を指し示した。

「そういうことだ。誰かに首を締められたのち川に落とされたのだ。よく助かったものだ」

「わかった。そういうことなら、この家を警護するように手配をしよう。すまぬが先生、この男が目覚めて話が出来るようになるまで介護を頼めますか」

「それは結構だが、今度は薬礼は頂けるのでしょうな」

道哲は苦笑まじりの顔を向けた。

「むろんだ」

と平七郎は頷きながら、昔怪我《けが》人を運び込んで命を助けてもらっておきながら、忙しさにかまけて半年も診療代を払うのを忘れ、道哲に催促されたことを思い出した。

道哲は貧乏人からは金をとらない。だからいつも台所は火の車だと聞いている。せめて役人が運んで来た怪我人の治療代ぐらいは、きちんと支払ってほしいものだと言った。当然の要求だった。

平七郎はその時、詫《わ》びを言って支払ったが、道哲はその時のことをまだ忘れていないようだった。

「安心してくれ。この者に支払う力がなかった場合は、奉行所が払う」

「それならよろしい。とはいっても、ここ二日三日は気を抜けぬぞ。もしやという事もある」

「むろんです。承知しています」

平七郎が言ったその時だった。

玄関の戸が開いて、

「すみません。この子が、ひょっとしてここに運ばれた花輪糖屋は、自分のてて親ではないかというものですから」

番屋の小者が、五歳ほどの男の子を連れて入ってきた。

栗のような頭でっかちの男の子だった。

平七郎が手招くと、男の子は黒々とした目を見開いて、これから怖いものにでも会いに行くような顔をして土間から上にあがってきた。

袖も丈も短い着物をつけている。そこからはみ出した手も足もぷっくりとしていた。

男の子は、布団に横になっている男を立ったまま見詰めて、

「ちゃん……」

と呼んだ。今にも泣き出しそうな声だった。

「お前の父親か？」

秀太が聞くと、男の子はこっくりと頷いた。

「名はなんというのだ。父親の名だ」

「……」

「お前の名は？」

「……」

「住まいはどこだ……」

秀太が矢継ぎ早に尋ねるが、男の子は口を開こうとしなかった。

ただ歯を食いしばって男の顔を見下ろしている。

「気が動転してるんだな。よしよし、無理もない。そうだ、おっかさんに来てもらおうか。おっかさんのところに連れてってくれ」

平七郎は、男の子の肩に手を置くと、優しい声で言った。

しかし男の子はそれにも応えず、瞳を涙で膨《ふく》らまして平七郎を見詰めていたが、やがて大きく首を振って否定した。

母はいないということらしかった。

「おっかさんはいないのか」

平七郎がそう言った時、突然男の子は蚊が鳴くような声で泣き出した。やがて溢《あふ》れる涙を腕でごしごしぬぐい、しゃくり上げた。

「困ったな……この子をここに置いてもおけぬし、住む家も言わぬ。いや、家を聞いたところで、誰もいない家に帰すこともできまい」

平七郎はつぶやくように言い、いっそ家に連れて帰るかと思った時、

「平七郎様、あっしが預かりましょうか」

源治が近づいてきて、男の子の前に腰を落として、しゃくりあげる男の子の顔を下から覗くようにして言った。

「いいのか」

「へい。おかみさんもきっと喜びます」

源治は平七郎ににこりとして返事をすると、今度は男の子の手をとって、その手をさすりさすり言ったのである。

「ぼうず、どうだ？……この爺のところに来るか……。なあに、おとっつあんが元気になるまでだ。爺と一緒に来るなら舟に乗せてやるぞ。早いぞ、爺の舟は……」

皺《しわ》だらけの顔を崩してほほ笑んだ。

するとどうだ、男の子がこくんと頷《うなず》いたのである。

「よし、いい子だな。じゃあ行くか……」

源治は、まるで孫の手を引くようにして出て行ったのである。

平七郎は道哲に、男が話をできるようになったらすぐに知らせてくれと念を押し、

秀太と道哲の診療所を出た。

「平さん、厄介《やっかい》なことになりそうですね。すみません」

秀太は大きく溜《た》め息をついた。

実家である深川の材木問屋相模屋からの帰りに、万年橋の橋下の騒動に出くわしたのだと言った。

「昨日あの近くで柴舟が転覆したらしく、その後始末に追われていたようですが、しかし誰も、あの柴に人がひっかかっているなどと作業を始めるまで気付かなかったようなのです」

「うむ。しかしこれも何かの縁だろうよ、秀太」

平七郎は肩を並べて歩いている秀太の横顔をちらと見て言った。

——どんな事情があるにしろ、人の命を狙うなど許されぬことだ。

平七郎の腹は決まっていた。

榊原奉行から見せられた投げ文にあった播磨屋は、両国の西に広がる米沢町にあった。

すでに、播磨屋の看板は取り払われて、店の中は改装中だった。

間口は五間ほどの店だったが、金槌《かなづち》の音が店の奥にも土間にも響いていた。その音に急《せ》かされるように、今度入る店の者と思われる男たちが、忙しそうに大八車から荷を下ろし、店の奥に運び込んでいた。

平七郎は隣の絵具屋に入って、店番をしていたおかみに、播磨屋の者たちはどこに引っ越したのかと聞いてみた。

するとおかみは、声をひそめて、

「それが旦那……」

わざわざ帳場から出てきて平七郎の前に座ると、

「亡くなった久兵衛さんは気の毒といえば気の毒だけど、おかみさんはもっと気の毒、かわいそうでしたよ。だって店も何も取り上げられましたでしょう。奉公人は皆去って行ってしまいましたし、妙な噂がたってはここに住む訳にもいきませんからね。有り金かき集めて、押上《おしあげ》村に引っ越していかれました」

手を振り口をとんがらして告げた。

「主は首を吊ったそうだな」

「ええ、その蔵も縁起が悪いっていま取り壊して建て直していますよ。しかしまあ、どうしてとち狂ってしまったんでしょうね、久兵衛さんは。あんなに仕事熱心だった人が、商いをほったらかしにして何処かの賭場に通っていたというじゃあありませんか」

「すると、店は金貸しにでもとられたのか」

「それが、神田の佐久間町に『丸屋《まるや》』という人宿があるらしいんですけどね、そこにとられたんだって」

「人宿の丸屋とな」

平七郎は聞き返した。

人宿というのは人を派遣する店の総称だが、中には武家屋敷の中間《ちゆうげん》を専門に取り扱う店がある。

人宿と武家屋敷は繋《つな》がりが強かった。

「おつねさんが言ってましたね、気がついた時には竈《かまど》の灰までうちの物じゃなくなってたって」

「おつねというのは、おかみのことか」

「はい」

「そうか……おかみは押上村に引っ越したか」

「あの人のお里なんですよ。お兄さん夫婦が御府内に入れる野菜をつくっているって聞いていましたけどね」

「すると、頼るところがあったのだな」

「ところがですよ、旦那。兄嫁というのが鬼のような人らしくて、おつねさんの母親は亡くなるまで、さんざん、苛《いじ》められたんですよ。ですからおつねさんもそのことで、兄嫁と何度も喧嘩《けんか》してきてるんです。果たしてそんなところに帰っても、うまく暮らせるもんかどうか、私、心配してるんです」

おかみはそう言うと、一寸先は闇ですね、旦那と言った。


絵具屋の外に出ると、陽は西の空に移動したらしく、町屋の屋根が路半分ほどに影を落としていた。

――押上村まで行き、おつねという久兵衛の女房に話を聞けば、帰りは夜になるな。

と迷ったが、それもいっときのこと、平七郎は急かされるようにして両国の橋を渡って東に向かった。

久兵衛が店をとられて首をくくった経緯《いきさつ》も聞きたかったが、残されたおつねがどんな暮らしをしているのか気がかりだった。

果たしておつねは、兄夫婦の家にいづらくなったのか、法恩寺《ほうおんじ》門前町にある小料理屋で住み込みの仲居をしていた。

平七郎が女将《おかみ》に承諾を貰《もら》って、おつねを法恩寺の境内《けいだい》に連れ出すと、おつねは薄闇に灯を入れたばかりの灯籠《とうろう》の前で、

「開き直って生きていかなければ、そう思っているんです」

哀しげな表情をみせて俯《うつむ》いた。

その襟足《えりあし》が灯の下で、まだ女の艶を放っていた。だがそれは、疲れて弱々しい色合いをたたえていた。

おつねの昔は知らぬ平七郎だが、前垂れをぎゅっと握り締めて頭を垂れている姿を見ただけで、播磨屋の内儀として暮らしていた時には味わうことのなかった辛苦をなめているのは間違いないと察せられた。

「遅まきながら、そなたの亭主を死においやった原因を調べている」

平七郎が伝えると、おつねは、ありがとうございます立花様と言ったあと、きっと平七郎を見返して、

「でももっと……もっと早くお奉行所には動いてほしかったと存じます」

声を震わせた。

「私、夫の検死にきてくださったお役人様に、夫は殺されたようなものですから、どうか、よくよく調べて下さいとお願いしたのです。でも、とりあって貰えませんでした」

「……」

「それどころか、その旦那はこうもおっしゃったのです。たちゆかなくなった原因を他人のせいにしたい気持ちはわかるが、お前の亭主は誰が殺したのでもない。自分で死んだのだ。身の不運をなげくより、明日の暮らしを考えろと……それで」

「そうか、それで、北町のお奉行の下屋敷に投げ文をしたのか」

「はい。北町のお奉行様におすがりしようと思ったのです。でもその時は、取引先への借金は承知しておりましたが、店の沽券まで人の手に渡っているなんて知らなかったんです」

「いつ店を渡したのだ」

「渡したも何も、突然やってきた男たちに追い出されたのです。夫が亡くなって三日目でした。せめて初七日だけでもこの家であげてやりたいのだと頼みましたが、駄目でした」

「無体な……沽券を握っていた人宿丸屋の仕業だな」

平七郎の胸に、ふつふつと怒りが忍び込んできた。

「はい。恐ろしい顔つきをした人たちでした。そんな人たちとあの人がかかわりをもっていたなんて、その日まで知らなかったんです。私は何にも知らされておりませんでしたから」

「わかった。そなたの知っていることだけでいい。これまでのことを話してみてくれ」

平七郎は、境内でまだ営業している水茶屋に、おつねを誘った。

三

五間堀の東側から横川までは武家屋敷が多い。

市岡勘解由の屋敷は、この五間堀川沿い中程にあって、門前に大きな松の木が一本あった。

また、北西に走る堀の北角には弥勒寺《みろくじ》という、山城国醍醐三宝院《やましろのくにだいごさんぼういん》の末寺があった。大きな寺だ。およそ三千坪だと聞いている。

平七郎は、その弥勒寺の塀際に店を出しているよしず張りの水茶屋の椅子《いす》に腰をかけ、市岡の屋敷を見張っていた。

秀太は新大橋の見廻りに行ったが、それはこの月の予定には入っていない見廻りだった。

どうやら道哲の診療所でまだ目が覚めぬ花輪糖売りが気がかりのようである。

なにしろ、新大橋から道哲の診療所までは目と鼻の先、橋の見廻りを口実に道哲の警護につくとも言っていた。

だから平七郎は、秀太に助太刀を頼むことが出来なくなった。一人で張り込んでいる。手持ちぶさたで何杯茶を飲んだかわからない。

市岡の家に動きでもあれば別だが、屋敷は静まりかえっていた。

平七郎は、緊張がふと途切れたりすると、昨夕おつねから聞いた話を思い出していた。

おつねの話はこうだった。

亭主の久兵衛がどこかの賭場に出入りしているとわかったのは、一年前のことだった。

若い頃から仕事にしか興味のなかった久兵衛が、おつねの目を盗むようにして出かけるようになったのである。

ひょっとして外に女でも出来たのだろうかと、おつねは考えた。二人の間に子がなかったからである。

久兵衛は常々、自分の身内かおつねの身内の中から、養子でも貰って店を継がせようかと話していた。

おつねはそんな時、冗談半分に、

「あなたが一代で築いたお店ですもの。あなたの思いどおりにして下さい。もしも、この先、外に子が出来た時には、その子に継がせてもいいんですよ」

物わかりのいい妻を演じたことがあった。

それは、夫の久兵衛の愛情が、けっして自分の他に向く筈がないという確信があったからだ。

実際久兵衛の態度は、新婚時代と変わりがなかったし、なにより、そんな大それたことをするほどの勇気がない。小心な男だった。

商いには、その小心さと慎重さが功を奏した。結構な場所に店を構えるまでになったのは、久兵衛のそんな性格によるところが大きいと思っている。

とはいえ、女の話は全く考えられないことではなかった。久兵衛といえども男である。

——覚悟はしておかなければ……。

おつねは密かに心を固めていた。

しかし、売り上げの中から三両、五両と持ち出していた金額が、十両になり二十両になった時、番頭の治助《じすけ》が話があると言ってきた。

「おかみさん。旦那様が毎晩お出かけなのは、賭場のようです」

治助は、疲れた顔でおつねに告げた。

驚愕《きょうがく》して見返すおつねに、治助は厳しいことを言った。

「このままでは、お店が遠からず潰《つぶ》れます。いえもう、実のところ、お得先の信用も墜《お》ちています。どうぞ、おかみさんから一度おいさめ下さいまし」

そこでおつねは、間を置かずして久兵衛を問い詰めたのである。

すると久兵衛から、博打のために店も担保に入っていると告げられたのだ。開いた口がふさがらないとはこのことだった。

「すまない。この通りだ」

久兵衛はおつねの前に手をつくと、賭博は市岡様の屋敷で行われていて、だから私は断れなかったのだと言ったのである。

市岡家は、蠟燭屋播磨屋にとっては十年来の得意先だった。

愕然《がくぜん》としたおつねは、しかしそれはそれ、これはこれだと思い直して、気丈にも市岡の屋敷にかけ合いに行ったという。

商いを餌《えさ》に夫に博打をすすめて、店まで奪うのかと、きっぱりとおつねは玄関先で取次に出てきた家士に詰め寄った。

すると、

「誰に向かって言っているのだ……仮にも殿は火盗様だぞ。火付盗賊賭博の輩《やから》を捕らえるのがお役目だ。その殿様が、出入りの商人を博打に誘って店を取り上げるなどと、これ以上あらぬ因縁をつけ、侮辱するなら手打ちにしてくれるぞ」

市岡の家来たちは恐ろしい顔で、おつねをつまみ出したのだった。

夫の久兵衛が首をくくって死んだのは間もなくだったと、おつねは言った。

家士がそのような威圧の態度に出ること自体、屋敷内で賭場が開かれている証拠だと平七郎は思った。

つい先年のこと、さる大名家の下屋敷で、公然と闇の富札が売られていた事実もある。

そういう話はひとつやふたつではない。だが大概は、屋敷の主は知らなかったとして、罪を免れようとするのである。

――市岡が言い逃れの出来ない証拠をつかまなければならぬ。

平七郎が、ふらりと椅子から立ちあがった時、筋骨逞《たくま》しい町人が大股で店の前を通り過ぎた。茶の格子柄の着物を着た、横顔に特徴のある男だった。眉《まゆ》が濃くて、もみあげの縮れが目立っていた。

男は急ぎ足で堀を南に下がり、市岡の屋敷に向かっている。

「平七郎様、あれが人宿『丸屋』の主で鮫治郎《さめじろう》という人です」

ふいにおこうが現れた。

おこうは、平七郎の依頼を受けて人宿を調べていた。鮫治郎の後を尾《つ》けてここまでやってきたのだと言い、

「表の稼業は人宿で、屋敷に中間を送り込むのが仕事ですが、裏では何をやっているのか怪《あや》しいものです」

おこうは説明しながら、その目は鮫治郎が市岡の屋敷に入って行くのを見届けている。

「ふむ……」

平七郎も鋭い視線を送りながら、しかしその頭の中では、懸命に鮫治郎に似た男のことを思い出していた。それは定町廻りをしていた頃の記憶だったが、すぐには思い

出せなかった。漠然としたものだった。

「平七郎様……」

怪訝な顔でおこうが平七郎の顔を見上げている。

「いや、なに……あの男、どこかで見たような気がしたのでな」

平七郎は苦笑してみせた。

「平七郎様、こんな時間に申し訳ありません」

おふくは、困惑した顔をして平七郎を迎えると、板場の奥をちらと見た。

そこはおふくたちの住まいになっている。板場のすぐ横の三畳が源治の部屋で、その奥がおふくの居間になっていた。

二階にも部屋はあるが、大川や永代橋や、その先の景色がのぞめる客間として使用しているから、おふくが居間に平七郎を呼んだのは、家の中に困ったことが起き、客の眼をはばかってのことに違いなかった。

陽はとっくに落ちて一刻は過ぎている。まだ腰を据えている客はいるものの、新しい客が入って来る時刻ではなかった。

「何があったのだ」

平七郎は、小声で聞いた。

なにしろ、市岡邸の見張りから帰宅して夕食を済ませたところに、おふくの店のおみさという仲居が、平七郎を呼びにきたのである。

「それがねえ……」

おふくは顔をしかめると、

「あの子、御飯を食べてくれないんですよ」

おふくは、やれやれという顔をして、小さな声で言った。

「そうか……」

「源さんがここに連れて来た日には、大きなおにぎり二つも食べたらしいんですけど、私がおっかさんの話をあれこれ聞いたのがいけなかったのか……」

「ふむ。相変わらず何もしゃべらないのか」

「ええ、わかったのは名前だけ」

「ほう」

「太吉《たきち》っていうんですって」

「太吉か」

「ええ、それも、やっと源さんが聞き出してくれたんです。源さんにだけは気を許しているようなんです、あの子……」

おふくはそこまで話すと、おみさたち仲居に客の世話を頼み、平七郎の袖を引っ張るようにして源治の部屋の前に立った。

「太吉ちゃん」

声をかけて戸を開けた。

すると、行灯の明かりの向こうに、壁に背をもたせ、膝を抱えて座る芥子《けし》の髪が伸びた男児が目に入った。

おふくの目配せに動かされて、平七郎は太吉の側に腰を落とした。

「太吉というんだってな」

「……」

太吉は、見向きも身動《みじろ》ぎもしなかった。瞬きをしただけだった。

「なぜ御飯を食べないのだ……皆心配するじゃないか」

「……」

「おとっつあんに早く元気になって欲しかったら、お前がいい子でいないとな。そうだろ……」

平七郎は優しく諭《さと》しながら、遠い記憶の中に継母の里絵を困らせてやろうとして、いま目の前にいる太吉と同じように食事を拒んで部屋に籠《こも》ったことを思い出していた。

　理由はなんだったのかは覚えていない。ただ、かたくなに膝を抱えて座っていた姿だけは、はっきりと覚えている。

　しかしその籠城も長くは続かなかった。

　外から帰ってきた父に頬を叩かれたのである。平七郎は頑張りの糸が切れて父に歯向かう言葉を発した。

　まもなく、異変に気づいた里絵が廊下を小走りにやってきて、乱暴はお止《よ》し下さいませと父に険しい顔を向けた。

　里絵は同時に平七郎に駆け寄って、黙って抱き締めてくれたのである。

　里絵の暖かい胸に頬を当てた時、平七郎の目からどっと涙があふれ出た。

　母を困らせてやろうとした気持ちも、父からぶたれた悔《くや》しさも一瞬のうちに吹き飛んで、自分はこの母の胸を待っていたのだという、微かな甘えを心の中で確かめていた覚えがある。

「一緒に食べるか、ん……」

　平七郎は、父親のような気持ちで優しくほほ笑んでみせるが、太吉は相変わらず無表情を装っている。

——頑固な子だ。いや、心根がねじくれているのだ、この子は……。

そう思った途端、

「太吉、いい加減にしろ！」

平七郎は、声を荒らげていた。

「平七郎様……」

おふくが、おろおろして戸口に座って見守っている。

「いいんだ。これぐらい言ってやった方がこの子のためだ。いいか、太吉、お前がそんなことでは、せっかく命が助かって目覚めても、おとっつあんがどう言うかな。心配をかけるだけだぞ……そうだろ、太吉」

平七郎は、少し厳しい声で問いかけた。

すると、太吉の目に、みるみる涙が膨《ふく》れ上がってきた。

「太吉、俺は叱《しか》っているんじゃないぞ。俺もお前のように部屋に籠って御飯を食べなかったことがある。しかしお前は、今そんなことをしている場合じゃあないだろう。源爺も、そこにいるおふくおばさんも、俺も、みんなお前とお前のおとっつあんを案じているのだぞ」

「おじさん……」

太吉は切なそうな目で、まっすぐ平七郎を見つめてきた。その目にあとからあとから、大粒の涙があふれてくる。

「太吉」

平七郎がその肩を引き寄せた時、

「平さん、花輪糖売りが目を覚ましました。与太郎《よたろう》というらしいのですが、その子に会いたがっています」

飛び込んできたのは秀太だった。

「よかったな太吉、おとっつあんのところに行こう」

平七郎は、太吉の腕をつかんで立ち上がるが、太吉はその手をするりと抜けて、部屋の隅に走った。

「お、おいらはいかねえ」

「何言ってるんだ。会いたくないのか……」

「おいらの、本当のおとっつあんじゃないんだ。それなのに、おいらがいるから、おとっつあんはあんな目に遭《あ》ったんだ。おいらがいるから苦労かけてんだ。おとっつあんに、おいら、もう、迷惑かけたくないんだ」

堰《せき》を切ったように太吉は言った。

「太吉ちゃん……」

おふくが駆け寄った。おふくは太吉の手を強く包んで、

「子供のあんたがそんなこと考えなくてもいいの。おとっつあんはね、あんたに会いたがっているんだもの」

「そうだ、太吉。おふくの言う通りだ。行こう」

俯いて歯を食いしばっている太吉に、平七郎は力強く言った。

四

「おとっつあん……」

太吉は、布団の上に半身を起こしている父親の顔を見るなり、泣きそうな顔をして走り寄った。

「太吉……」

与太郎は太吉の体を抱き留めると、先生やお役人様のお陰でございますと深々と頭を下げた。

すると、太吉が懐から笹の葉に包んだ大きなおにぎりを出して父親の手に握らせたのである。

「ちゃんの分だ」

あらっと同行していたおふくは、小さく驚きの声を上げて、平七郎の耳に囁《ささや》いた。

「あのおにぎり、お店にやってきた日に、あたしがつくってやったものですよ、きっと……二つもたいらげたって聞いて驚いてたんですけど、父親のためにとっておいたんですね」

おふくの囁きを聞きながら、平七郎は父親の与太郎が、そのおにぎりをひとくち食べ、

「そうか、おとっつあんが何も食べてないって心配してくれたのか」

太吉の頭をなでているのを見つめていた。

まもなく、

「お前の顔を見て安心した。おとっつあんはこれからお役人と話がある。お前はもう少し、おふくさんの店で待っていてくれ」

与太郎は少し上方《かみがた》なまりの残る声で太吉に言い含め、おふくと永代橋に戻るよう促した。

太吉は心配そうな顔を残して寂しげに肩を落として帰って行った。

その後ろ姿を切ない目で見送る平七郎は、この男は元からのあめ売りや職人ではないなと思っていた。与太郎は太吉の足音が遠ざかると、

「改めてお礼を申します。与太郎と申します。一年前に大坂からこのお江戸に参りまして、今は深川の花輪糖を売っております。住まいは今川《いまがわ》町でございます」

神妙に頭を下げた。

「ふむ。いろいろ聞きたいのだが……」

平七郎は、おふくの店で太吉が泣きながら口走った話をして聞かせた。

「確かに義理の父子ですが、私は少しも気にかけたことはございません。ただ、あの子は、母親のおしかが自分をおきざりにして姿をくらましたものですから……かわいそうな子です」

「道理で、母親のことを話したがらなかった筈だ」

「ですから私は、商いがてら、おしかを探していたんです」

「それで太吉は、お前にこれ以上迷惑かけられないと言ったんだな」

「はい、おそらく……ですがお役人様、おしかを見つけたんでございますよ。身なりはすっかり変わっておりましたが、ええ、絹の着物を着ておりましたが確かにおしか

でした」

「五間堀に弥勒寺というお寺がございますが、その寺からはす向かいに見える、門前に大きな松の木が一本そびえ立つお屋敷でした」

「ちょっと待て。もしやその屋敷、市岡勘解由という旗本の屋敷ではないか」

平七郎は驚いて与太郎を見た。

「はい。おしかを見つけたその日はどなたのお屋敷かわからなかったのですが、翌日あのお屋敷に魚を届けた魚売りに聞きまして、それで市岡様だとわかったのです」

「平さん、それがどうかしたのですか」

秀太は、平七郎の驚きようにびっくりしている。

「いや、お前にも話そうと思っていたのだが、あの屋敷、調べていたのだ」

榊原奉行の密命を帯びていることは話せないが、いずれ秀太の手も借りなければと思っていた平七郎である。

秀太に神妙な顔で頷いてみせてから、与太郎に向いた。

「与太郎、道哲先生の診立《みた》てでは、お前は首を締められて、川に突き落とされたというではないか……そうなのか」

「へ、へえ」

与太郎は、恐れるような顔で頷いた。

「すると、お前を殺そうとしたのは市岡の手の者か」

「そうだと思います」

平七郎を見返した。

「よし、話してくれ。どういうことなのか、洗いざらいだ」

平七郎は、与太郎の瞳をとらえて言った。

与太郎は布団の上に座り直すと、この話、わかって頂くためには初めからお話ししますと言い、自分は大坂の米問屋『堺屋《さかいや》』の長男だと告げた。

与太郎には双子の弟与次郎《よじろう》がいて、父親はどちらに店を継がせるか悩んだ末に、二人を自分の部屋に呼んで、百両の包みをそれぞれの前に置いた。

「どこへ旅してもええ。この百両をどう使ってもええ。但《ただ》し、この金で次の堺屋として商いになるものを探してくるんや。この百両が二百両になるような何かをつかんだら帰ってこい。親のあてが見て、これやと思う確かな商いの目がある方に、この店を譲る。但し期限は半年や、半年たっても何も見つからんかったら、戻らんでもええ。

そんな根性では、この大坂で生きてはいけまへんからな。勘当やな」

父親はそう言ったのである。

米屋の小僧から始めて一代で財を築いた父親である。俵からこぼれ落ちた米を売って小金をつくったという筋金入りの大坂商人である。

父が最後に言った「勘当だ」という言葉は、与太郎を震え上がらせた。

与太郎は、百両の金を懐《ふところ》に江戸にやってきたのである。

しかし、どこをどう走り回っても、父親が納得するようなものは見当たらなかった。

そもそも、百両の金が倍になるような話など、ある訳がない。

ひと月たち、ふた月たつうちに、与太郎は自信を失って行くのがわかった。

酒を飲んだが気が晴れなかった。

博打は恐ろしくて行けず、安宿の女郎に走った。

女を抱いているその時だけは、父親の言葉から逃れられるような気がしたからである。

やがて与太郎は、清住《きよずみ》町の女郎宿に通い、ぼたんと名乗っていたおしかに執心《しゅうしん》するようになった。

おしかは目鼻のつくりがはっきりした女で、心もしゃきしゃきしていて歯切れがよく、どちらかというと気の小さな与太郎は、日ごろの鬱々《うつうつ》とした気持ちも救われた。

そんなおしかがある日のこと、自分は田舎《いなか》から六年前に出てきて、両国橋の袂の水茶屋で働いていたが、男の子を身ごもって産んだと打ち明けた。

その子の親は客としておしかを贔屓にしてくれていたさるお店の若旦那だったが、おしかが身ごもってからはぷっつりと来なくなっていた。

おしかはその時点で捨てられたのである。

「子供を抱えてどこも雇ってくれなかったし、頼る人もいなくってさ……」

だから女郎になるしかなかったんだと、おしかは言った。

話の内容から、おしかは通いの女郎だと、与太郎はこの時知ったのだった。

しかもおしかは、女郎宿に前借りがあって、なかなか足を洗えないのだと打ち明けたのである。

——女郎になるくらいだ。

その身の上は、きっと気の毒なものだろうとはわかっていたが、実際に話を聞いてみると、さすがに苦労しらずの与太郎でも胸が痛んだ。

そんなある寒い日の夕刻のことだった。

万年橋を通りかかった与太郎は、橋の上で寂しそうに大川を見つめている男の子を見た。

弓なりになった橋の真ん中で、まるで小猿が伸び上がって欄干《らんかん》にしがみついているようにも見えた。

近づくと、着ているものが粗末だとわかった。冷たい川風が吹いているのに、膝までの着物一枚こっきり、そんな様子だから、人は見て見ぬふりして通り過ぎる。

時折男の子は橋の南袂を見ていた。誰かが帰って来るのを橋の上で待っているようだった。

与太郎は迷った。声をかければ何か厄介《やっかい》なことを抱えそうな気もしたが、俺も同じような惨《みじ》めな身分だと思った時、

「ぼん、どうしたんや、こんなところで」

与太郎は声をかけていた。

男の子は与太郎の顔を見上げると、人懐っこい顔で太吉と名乗った。

そして清住町の『鈴屋《すずや》』という店につとめるおっかさんを、この橋で待っているのだと言ったのである。

しかしその表情は、言ってはいけない事を口走った時のような、反面誰かに自分の

思いを告げたかったというような哀しげな色をたたえていた。

鈴屋は、与太郎が通う女郎宿だったのだ。

しかも太吉におっかさんの名を聞くと、おしかというではないか。

「けっして万年橋を渡ってお店に来ちゃ駄目だよ。そんなことをしたら、太吉、お前を橋の下に捨てちまうよ」

太吉は、母親にそう言いつけられているのだという。

「だからおいら、ここで待ってるんだ」

橋を渡って向こうの町には行けないのだと言った時、

「待ってろ、お前のおっかさんを連れてきてやる」

与太郎は鈴屋に走った。

鈴屋の女将におしかが借りているという借金二十両余りを払って、おしかの手を引っ張って鈴屋を駆け出てきたのであった。

二十両の金は、懐にあった有り金の全てだった。

「そこまでは良かったんですがね。私ももう家に帰るのは諦《あきら》めていましたから……」

与太郎は、溜め息をついた。

「にわかづくりの親子三人の暮らしが今川町の裏店で始まったのですが、私に金を稼ぐ甲斐性《かいしょう》がないとわかったおしかは、ある日突然いなくなったんですよ旦那」

与太郎は泣きそうな声を出す。

「そうか、それで探していたのか」

「へえ。せめて、寂しがってるあの子をなんとかしてやらねばと思いましてね。花輪糖売りをしてあちこち歩いて、やっとおしかを見つけたんです。それで、今ここに入った女を出してくれと門番にかけ合ったんですが追い返されてしまいまして、揚げ句の果てに、ずっと後を尾けられていたようなんです。男三人に紀伊様のお屋敷の辺りで追いつかれて……」

「そうか……与太郎、ひとつ聞きたいが、お前を襲った者の顔を覚えているか」

「覚えていますとも。特に仲間二人に指図していた男は、もみあげがちぢれ毛になっていまして」

「その男、茶色の格子の着物を着ていたか?」

「はい」

与太郎は、怒りの目ではっきりと頷いた。

五

「どちらさんも、よござんすか」

中盆が壺《つぼ》を振り下ろしたところで、辰吉はすっと立って盆を離れた。

向こうの座敷で胴元の鮫治郎と話していた松葉屋《まつばや》が、のろのろと立ち上がって出口に向かったからである。

百目蠟燭に照らされたその顔は、まるで死人のようだった。

「辰兄い、なんだなんだ、もうけえるんですかい」

名残りおしそうに声をかけたのは、辰吉の側に陣取って、どこかの若いお店者《たなもの》の世話を焼いていた中間だった。

中間は、市岡勘解由の屋敷とさほど離れていない旗本屋敷に奉公している。

辰吉はこの男を、市岡の屋敷に忍び込むために金をつかって手懐《てなず》けたのだった。権《ごん》三《ぞう》という男だった。

「すまねえ。ちょいと今日は女《これ》となあ」

辰吉が小指を立てると、

「ちぇ、やってられねえや」

権三は卑猥《ひわい》な笑みを送ってきたが、すぐに顔を盆に戻して博打の興奮の坩堝《るつぼ》に入っていった。

辰吉は急いで松葉屋の後を追って門に向かった。

この賭場は、市岡の屋敷の一番奥の中間部屋にあった。

陽が落ちると、近隣の商人たちがやって来て、一度の賭け金が一両以上という大きな金を張る。だが日中は、遊び人や近隣の中間たちが、百文、二百文という小さな金で手なぐさむのであった。

だから胴元の鮫治郎が現れるのはたいがい夕刻で、辰吉のような若い衆や中間は相手にしない。目当ては十両、二十両と一度の賭けに小判を積む商人だった。

松葉屋はその商人の一人で、北六間堀町で酒屋を営んでいる。

辰吉の調べでは、まわりの武家屋敷に出入りしていて結構な商いをしてきたらしい。

ところがその松葉屋が先程夢遊病者のような顔で出て行ったのである。

名は卯兵衛《うへえ》というらしいが、自害した播磨屋と同じく市岡の屋敷と取り引きがあって酒を納めていることもわかっている。

辰吉はこの賭場に入り込むようになった時から、この松葉屋に目をつけていた。たびたび鮫治郎と深刻な顔をして話し込んでいたからである。

その様子はどう見ても、松葉屋が喜んで鮫治郎と言葉を交わしているようには見えなかった。

ある晩は市岡の中間が、むりやり手を引っ張るようにして松葉屋を盆の前に座らせていたし、ある晩には帰るという松葉屋を引き止めて、逃げる手に、鮫治郎が遊ぶ金を握らせていた。

ところが今夜は、これまでとは様子が全く違っていた。

辰吉に声は聞こえなかったが、松葉屋は鮫治郎から、もう金は貸せない、借金はこれこれこういう額になっているとでも言われていたらしく、証文に指印まで押すよう強要されていた。

——播磨屋の二の舞いか……。

辰吉が松葉屋を追って外に出ると、松葉屋は市岡の屋敷の門を出るところだった。

半月の薄蒼い光の中をとぼとぼと歩いている。

「辰吉、ごくろうだった」

門を出たところで、辰吉は平七郎に声をかけられた。

あれだな、と平七郎が目顔で松葉屋の背を指すと、辰吉も無言で頷き、二人はゆっくりと松葉屋の後を尾《つ》け始めた。

松葉屋は肩を落としてふらふらと歩いていたが、弥勒寺橋の上で立ち止まった。

橋を渡れば北森下町《きたもりしたちょう》、そしてその向こうは松葉屋の店がある北六間堀町である。

松葉屋は欄干に両手を置いて水面に目をやった。ときおり月明かりが暗いうねりを映している。

堀は底無しのようにどこまでも闇が続いているように見え、それはまた松葉屋が抱えている不安と恐怖を物語っているようにも見えた。

松葉屋はやがて諦めたような息を吐いた。そして次の瞬間、草履を脱いで欄干に足をかけようとしたのである。

「止めろ、お前が死んだらあいつらの思う壺だぞ」

平七郎は急いで歩み寄りながら一喝した。

松葉屋はぎょっとして平七郎を見返したが、側に立っているのが辰吉と知って、更に驚いたようだった。

「こちらは、北町の旦那で立花様とおっしゃるお方だ」

辰吉が叫んだ。

「すると……するとあんたは、岡っ引だったのか」

松葉屋は少し驚いた顔で辰吉の顔を見た。

「いや、旦那に惚《ほ》れて手伝ってんだ。旦那はな、弱い人たちの味方だ。黒鷹と呼ばれていなさるんだぜ」

辰吉は得意げに言った。今も平七郎が定町廻りとして活躍しているような口振りだった。

「辰吉」

平七郎は、辰吉を制すると、

「播磨屋が首をくって亡くなったのを知っているな。そのことで、あの屋敷を調べていたのだ」

あっと松葉屋は息を呑《の》んだ。だがその目の色が瞬く間に、生気を帯びていくのが見て取れた。

「そういう事だ。お前には聞きたいことがある。どうだ、協力してくれぬか。死を選ぶより、生きる道を探れ。浮かぶ瀬もある……」

平七郎は言い、松葉屋に静かに頷いた。

「おっしゃる通りでございます。私も播磨屋さんと同じでございます」

松葉屋卯兵衛は北森下町の蕎麦《そば》屋の小座敷に入るなり言った。

「市岡の殿様に遊んでいけと言われまして、それがあの賭場に通う始まりでした。なにしろ殿様の言葉は、私たち出入りの商人にとっては天の声です。逆らえばそれで取引はお終いですから……」

そして一度賭場に足を踏み入れたら、もう二度と出られないとわかったのはまもなくだったと卯兵衛は言い、怒りに染まっていく顔で平七郎を見た。

「市岡様が、直接、お前を誘ったのだな」

「はい。そうでなければ私が賭場に通うことはございません。市岡様の中間部屋では、丸屋の鮫治郎が待ち構えていました。その後は金の持ち合わせがないと言えば、丸屋がむりやり借金をおしつけまして、お屋敷に出向く日が遠のくと迎えをよこして来るのです」

「ふむ。すると、丸屋鮫治郎は市岡の殿様の意を受けて賭場を仕切っているのだな」

「そのようです。こんなこともありました。賭け事はもうやりたくないんだと断りを入れましたところ別室に連れていかれまして、それで恐る恐る座ってますと、女が現れましてむりやり酒を飲まされました。それも前後不覚になるまでです。気がついたら女と床に入ってまして、あとはお定まりの脅しです。とにかく、ぐうの音も出ないように、屋敷にがんじがらめにされるのです」

「その女というのは……まさか屋敷の女中ではあるまい」

「はい。鮫治郎親分が連れてきた女ですが、市岡の殿様のお妾《めかけ》ですよ。私のような者がどうこう出来る女でもないのに……あの手この手で脅されまして、今夜もうなにもかも失ったと知らされまして」

「それで堀に飛び込もうとしたのか」

「はい。女房子供はとうに出て行っておりまして、奉公人も下男が一人残っているだけでございますが、近々鮫治郎が店の明け渡しを迫りに来る筈です。親から譲られたあの店を、この私の代で人手に渡すなど耐えられないことです。騙された私も悪うございますが……立花様、市岡様は火盗改の仮面を被った鬼でございますよ」

「卯兵衛、そのこと、お白洲で証言できるな」

「もちろんでございます。私で足りないのなら他にも同じような目に遭ってる人を連れて参ります。立花様にお助け頂けるのなら、何でも致します」

卯兵衛は、縋《すが》るような目を向けてきた。

「その覚悟が出来たのなら、もう一度生き直せ」

「はい」

「それと、その女のことだが、名を聞いたことがあるか」

「名前ですか、ちょっと待って下さい」

卯兵衛はしばらく考えたのち、

「そう言えば……おしかと言っていたような」

「おしか……間違いないか」

「はい」

「それで、おしかは屋敷の中に住んでいるのか」

「いえ、外に囲っているようです」

「その所は……」

だが卯兵衛は、申し訳なさそうに頭を振った。

「知らぬか」

「同じ目に遭っている仲間に聞けばわかるかもしれません」

「そうか、もしわかったら知らせてくれ」

「承知致しました」

卯兵衛は、神妙な顔をして頷いた。

六

「平七郎様、丸屋鮫治郎という男は、それぐらいの悪には、これっぽっちも胸を痛めることはございませんよ」

おこうは、吐き捨てるように言った。

そして、ただいま平七郎様の役宅にお訪ねしようかと思っていたところだと、開け放した隣の部屋の作業場をちらと見た。

作業場では、見慣れない三人の男が読売を刷り、部屋のいたるところで刷り上がった紙を広げて乾かしていた。

「辰吉はいつも店に居る訳にはいきませんから、新しく雇ったんですよ。手前にいるのが吉松《よしまつ》さん。その向こうにいるのが玉七《たましち》さん。一番向こうにいる子は見習いの万助《まんすけ》さんです」

「ほう、結構なことじゃないか」

「急に忙しくなったりして人手が足りません」

「おいおい、俺のせいだというのか」

平七郎は苦笑した。

「いいえ、そういう訳ではございません。近頃では読売が増え過ぎて、一刻を争って刷らなければ誰も見向きもしてくれません。昨日明るみになった事件も、平七郎様はご存じでしょうか」

「にせ薬の話か……」

「ええ。浅草《あさくさ》に住むお医者で、もっとも本当に医者の腕があるのかどうかは疑問ですが、一夜にして肌がつるつるになるという触れ込みで、北国の鶴の心臓とか脾臓《ひぞう》とかの干物を高価な値で売っていた男が捕まった事件です。じつはその内臓は鴨《かも》だったとわかったんですが」

「何、鴨だったのか」

平七郎はくすりと笑った。

「笑い事ではございません。私の知っているおかみさんも、騙された口なんですから」

「いや、すまんすまん。そういう話は、ほとぼりが冷めた頃に必ず出てくる話でな」

「女たちの心をくすぐる話で、偽物を売ってお金儲けをするなんて許せません。仮にですよ、仮に正真正銘の鶴だとしても、ご禁制の鳥をとったということで幾重にも重い罪になる筈でしょう。うんと厳しく書いて懲《こ》らしめてやろうって、今刷ってるんです。他の店に遅れをとらないためには、今日のうちに刷り上げなくてはいけないんです。そうなると人手がね」

おこうは笑みをみせて、白い胸元の覗く襟元に手をやった。

涼しげな錆浅葱《さびあさぎ》の着物に煤竹色《すすたけいろ》の帯がよく似合っている。

「ふむ……」

月を追うごとに、いや、日を重ねるごとにしっとりと女らしくなっていくおこうを見ていると、ふと、女は魔物だなと、平七郎は感じるのであった。

「あら、すみません。余計な話をしてしまって……。そういうことですから、平七郎様を責めるなんてことはございませんから、ご安心を……」

「うむ。すまんな」

「いいえ。それでね、平七郎様。先程の話ですが、鮫治郎は人宿丸屋を始めて三年と少しですが、どう調べても、鮫治郎の素性が知れません。しかしその素性の知れない男に人宿の株を持たせてやったのは、他でもない市岡様でした」

「やはりな……」

「そればかりではありません。ちょっとこれ見て下さいますか」

おこうは体をねじると、側の引き出しから、一枚の読売を取り出して平七郎の膝前に置いた。

「これは……この店が刷ったものではないな」

平七郎はちらとおこうの顔を見て、その読売を取り上げた。

読売は一文字屋と情報提供を結んでいる京の大文字屋《だいもんじや》のものだった。

紙面には、京の人宿『山科屋《やましなや》』の主で中間頭《ちゆうげんかしら》鮫之助《さめのすけ》という男が、さる公家の屋敷で恒常的に賭場を開いていたとして、伏見《ふしみ》の奉行所に捕まったという書き出しだった。

ところがその晩奉行所が火事になり、牢に繋がれていた鮫之助はお解き放ちになったのだが、指定された日の刻限に鮫之助は現れなかった。

慌てた奉行所は街道筋にくまなく役人を立てた。逃亡を防ごうとしたのだが、時を失したらしく鮫之助の姿は京から杳《よう》として消えてしまったというのである。

そして更に、鮫之助の人相特徴も子細に述べてあった。

「生国は不詳、生まれてまもない赤ん坊の時旅芸人に拾われて諸国を回っていた。だが二十歳の時に伊勢《いせ》国にて一座から出奔《しゆつぽん》し、放浪したのちに三十半ばで京で人宿を始める……」

平七郎が口に出して読む。

「伏見奉行所に捕まったのもその頃のようですね」

「うむ」

おこうの声に頷きながら、平七郎はその先の文字に目を奪われていた。

そこには、

――鮫之助は中背だが筋骨が逞しい。特に眉が濃く、もみあげが人一倍多くて縮れている。それがこの男の最大の特徴である――。

とあった。

「どう思われます？」

おこうが、平七郎の顔を覗いている。

「そっくりだな、鮫治郎に……」

「ええ。私もまさかとは思ったのですが、あの眉ともみあげ、滅多にあのように毛の濃い人はいないのではないでしょうか。ただ、そんな男がどうして市岡様の手先となったのか……京を追われて来た男と、一方は火盗のお旗本……どこで巡り合ったのでしょうね。鮫治郎が鮫之助なら、とっくに死罪か島流しになってるのではありませんか」

──そうか……品川の手入れか。

おこうの話を聞いていた平七郎は、ふっと視線を起こして、前方の一点を凝視した。

そこには……三年前に平七郎が定町廻りから、はずされる直前のこと、品川の宿で盗賊たちが火盗改に縄を打たれて、最後の足掻《あが》きをしている姿がほの見える。

その事件は、橋廻りとなった平七郎には、もはや無縁の事件だった。だから、模糊《もこ》として脳裏を過ぎたという記憶がある。

しかしあの時、捕まった盗賊はこの三人だったらしいと、同僚が人相書きを見せてくれたことがあった。

──その中の一人が異常に眉が濃かったのではなかったか……。

だから弥勒寺の塀際の水茶屋で、鮫治郎の顔を見た時、どこかで会ったような気がしたのではあるまいか──。

平七郎の頭を、過去に漠然と過ぎた事件がよみがえる。

──その時の火盗改が市岡で、捕まった罪人たちの中に鮫治郎がいたとしたら……。

二人の接点はそこからだということになる。

平七郎は大文字屋の読売を二つに折ると、おこうが出してくれた茶に手を伸ばした。

喉《のど》を潤す。茶は旨かった。だがすぐに頭の中に、火盗改市岡勘解由の姿がのしかかってくる。

火盗改の制度が始まった頃、盗賊だった者を手下にして、仲間を密告させて捕縛するという手法はよく使われたと聞く。

ところがまもなく、手下に使った元盗賊のうち、火盗改の威光を背景にさらなる悪事を働くという事件もおきている。

そこで近年になって、盗賊や犯罪人を手下に使うのを改めるように上からお達しもあるにはあったが、なかなかその通りにはいかぬらしいことも聞いている。

なにしろ火盗改の場合、在任中の成績いかんでさらなる出世が望めるか否かが決まる。鼻の前に立身がぶらさがっているとあっては、盗賊を抱き込んで仲間を密告させるのが一番というところだろう。

とはいえそれが、真に盗賊捕縛のためというのなら止むをえぬ場合もあるだろう。しかし私欲のために、わが屋敷に賭場を開き、市井《しせい》の人々を餌食《えじき》にしているとなると話は別だ。

弁解の余地もない悪である。

市岡勘解由は正規の火盗改を狙っていると榊原奉行は言っていた。お役目欲しさにお歴々方に金子《きんす》をつかっているとしたら、金はいくらあっても足りるまい。

不正の動機は市岡には十分にあった。

——見逃すわけにはいかぬ。

「おこう、すまぬが品川に誰かをやってくれぬか」

「品川のどちらでございますか」

「宿場役人に確認してきてほしいことがある」

「承知しました。辰吉ももう戻る頃です。お任せ下さいませ」

おこうが言った時、

「平さん、太吉がいなくなりまして」

飛び込んで来たのは秀太だった。

「何かあったのか」

「松葉屋がおふくの店にやってきまして、おしかという女の住まいがわかったから立花様にお伝え下さいと伝言したのです。それを太吉が聞いていたらしくて」

「いつのことだ」

「八つ（午後二時）過ぎです」

「父親のところではあるまいな」

「それが、与太郎もいなくなりまして……」

「何」

「道哲先生の話だと、往診に出かけているすきにいなくなったというのですが」

「松葉屋が調べてきたおしかの住まいはわかっているな」

平七郎は念を押しながら、秀太を従えて外に出た。

町の片側には軒の影が伸びてきている。

二人は前を見据えて足早に路を急いだ。


その頃、太吉は歯をくいしばって、大川端を北に向かって歩いていた。

太吉の目には、西に傾く日のかげりに急かされるように行き過ぎる人々も、街角で美味《おい》しそうな匂いをさせて焼くはまぐり売りも、面白そうな面売りや独楽《こま》売りの立ち売りの店さえも、目に留まらなかった。

時折ふっと心に留まるのは、自分と同じ年頃の男の子たちだった。

それは、何人か一緒になってあめ屋の前で弾んだ声をあげている楽しそうな様子だったり、母親の袖にぶらさがるようにして歩いている甘ったれた姿だった。さすがにそういう光景には心が揺れる。

太吉は幼い胸に、きっとあれは自分とは別の世界に住んでいる子供たちだと思うものの、心のどこかに納得できない部分があった。悔しかった。

だから太吉は、唇を嚙み、拳《こぶし》をつくって、そんな思いを振り切るように足を速めた。

——おっかさんのせいだ。

太吉の頭にあるのは、黙って自分を置いて出て行った母親おしかのことだった。

あんなおっかさんは許せないと太吉は思った。この場にいたら、母親の胸を叩いて、その足を蹴《け》ってやりたいと思う。

だが、そんな想いも十歩歩けば、ただただ母に会いたい気持ちでいっぱいになるのである。

世の中の母親が、どのような母なのか、太吉にはわからない。多分自分の母と似たようなものだろうと思っている。

これまでの太吉にとって、母のおしかは、命を繋いでくれる唯一の人だったと思っている。

それは、いつも一緒にいてくれた隣のばあちゃんがそう言い聞かせてくれたからである。

しかし、着物の継ぎを当ててくれたのも、そのばあちゃんだったし、三度の御飯を食べさせてくれたのもばあちゃんだった。

――でもおっかさんは、時々抱いてくれた。

おっかさんは、いつもいい匂いがしていたが、それはお化粧の匂いだと誰かから聞いた。

と思うのである。

太吉はその匂いが母の匂いだと思っている。大好きだった。

おしかの子供の扱い方は、気紛《きまぐ》れだと長屋のおかみさんたちに言われていたが、世の中を知らない太吉は、それが普通の母親の姿だと思うしかなかった。

太吉が考えていたことは、この母とけっしてはぐれてはいけない。そのためには、母を怒らせてはいけないということだった。

だけど今度のことは、

――おっかさんは、おいらが会いにいけば怒るかもしれない。だけど今日は、おいらのために行くんじゃないんだ。おとっつあんのためだ。

太吉は、義理の父与太郎の人の良さそうな顔を思い出していた。

与太郎は、母がいなくなってから自分を育ててくれた人である。おっかさんより気が弱いが、おいらを膝に乗せてくれて頭をなでてくれた人だった。それに風呂屋にも一緒に行ったし、背中を流しっこしたことは忘れられない。

この時太吉は、与太郎を本当のおとっつあんだと思ったのである。

そのおとっつあんが、おいらを育てるために、おっかさんを探すために、深川の花輪糖売りになったんだ。

おいらも一緒に歩いたことがあるが、

「深川名物、かりんとう——。甘いよかりんとう——」

と呼ぶ与太郎とっつあんの声は、少し遠慮勝ちだったが、おいらの目にはかっこよかった。

——そのとっつあんが……。

太吉は、今日会ってきた与太郎の白い顔を思い出して、急に胸が熱くなった。

おふくの店で、母の住まいを聞いた太吉は、父親のもとに走ってそのことを告げようとした。だが、

「おとっつあん、おっかさんの住まいが……」

そこまで言って、言うのを止めた。ずいぶんと父親が頼りなげに見えたからである。

「どうしたのだ」

びっくりした顔で起き上がった父親に、

「なんでもねえ」

そう言い残して、一人でここまでやってきた太吉であった。

「あれ……」

太吉は、考えにふけって歩いていたが、ふと立ち止まった。

どこまで歩いていけばいいのか、わからなくなったのである。

両国の賑《にぎ》やかな通りを抜けて、いま立っているのは、川に杭《くい》が無数に打ってあるところだということはわかっている。

だが、ここが何処なのか、さらに何処までいけばいいのか太吉にはわからなくなった。

「すみません」

太吉は、岸で竿《さお》をしまっているどこかのご隠居さんに声をかけた。

「おいら、三囲《みめぐり》ってとこまで行くんですが、この道でいいんでしょうか」

「みめぐり……稲荷のことだな。一人でかい？」

ご隠居さんは暮れかけている西の空を気にしながら、怪訝な顔で太吉の顔を覗いた。

「はい。三囲の近くの家を訪ねていきます」

「ぼうずの足では日が暮れるぞ」

ご隠居は何か訳があるとさとったらしい。気の毒そうな顔をして言った。

「おっかさんに会いに行くのです」

「そうか、おっかさんにな……」

ご隠居は優しい顔で頷くと、

「ぼうず、道は間違ってはいないから、いいかい、この道をまっすぐ行ったら、左手に長い大きな橋がある。それを見ながらずんずん北に歩いていくと、源兵衛《げんべえ》橋という橋が架かっている。その橋を渡るとな、水戸様のお屋敷だ。そこを過ぎたらすぐだ」

そんなにたくさん道順を伝えても大丈夫かなという顔で、ご隠居は太吉の顔を窺《うかが》った。

太吉は、指を折って復唱すると、

「ありがとうございます」

頭を下げ、北に向かった。

ご隠居は、釣竿を持ったままで太吉を見送っていたが、まもなくゆっくりと両国の方に歩き始めた。そのご隠居と擦れ違った男がいた。

与太郎だった。

——太吉、おっかさんが見つかったんだな。

与太郎ははらはらしながら、太吉の小さな背を見失わないように後をつけて行く。歩調を太吉にあわせているが、走りよって声をかけていいものかどうか、与太郎の顔には迷いがあるようだった。

遠くなり近くなる二つの姿は、吾妻《あずま》橋の西袂まで続いたが、さらに北に向かおうとする太吉の背に、与太郎はとうとう小走りして近づいた。

もくもくと歩いていく太吉の姿は、あまりにもいじらしく、声をかけずにはいられなかったのである。

「太吉……」

「おとっつあん」

太吉は、びっくりした顔で振り返った。

七

与太郎と太吉が、三囲神社の近くに建つ閑静な別宅にたどりついたのは、足元に薄闇が漂い始めたころだった。

木戸門の前には三間ほどの道が通っていて、それに二間ほどの土手が続き、田畑となっている。

「太吉……」

与太郎は、太吉と顔を見合わせると、木戸門に手をかけた。

だがその時だった。

木戸門の奥の格子戸の玄関が、音を立てて開き、下駄の音が近づいてきた。

聞き慣れたおしかの下駄の音だった。からからからからと、おしかは下駄を少し引きずるようにして音をたてる。

――間違いない。

おしかは常はここに住み、時々市岡様のお屋敷に出向いていたのだと、怒濤《どとう》のように押し寄せる心の臓の音に息苦しさを感じた時、

「殿様、見捨てちゃ嫌ですよ」

おしかの甘えた声がして、

「ふっふっふ、可愛い女だな」

今度は男の声がした。

与太郎は、はっとして太吉の顔を見た。だが太吉は、大きな目で門の中を見据えていた。

「太吉」

与太郎は太吉の腕をとって門から後退《あとじ》さると、足を踏ん張って中からおしかたちが出て来るのを待った。

「あっ」

木戸門を開けて、覆面の武士を見送ろうとした女は、一瞬驚きの声を上げた。

「誰だ、お前たちは……」

覆面の武士は二人を見て言ったが、すぐに与太郎に気づいて、ぎょっとした顔で見た。

「お前はあの時の……」

「まだ生きていますよ、市岡の殿様」

与太郎は、胸を起こして言った。

「貴様、退《ど》け！」

市岡は、与太郎を押し退《の》けるようにして道に出たが、与太郎にすぐに行く手を塞《ふさ》がれた。

緊張と恐怖で顔はひきつっているが、与太郎は決死の思いで市岡に言い寄った。

「おしかを返してくれませんか。私のためじゃない。あの子のために、母親を取り上げないでくれませんか」

「震えているではないか。随分執心しているようだが、おしかに聞くんだな。わしは別に止めはせぬぞ。ふっふっ、おしか、どうするのだ」

市岡が面白そうに、おしかを振り返る。

「どうしようもこうしようもありませんよ。私はそんな男の顔なんて見たこともありませんから」

おしかは、平然とした顔で言い放った。

「おっかさん……」

太吉が一歩あゆみ出た。

「おとっつあんがかわいそうだよ」

「うるさいね。お前は黙っときな」

おしかは太吉を邪険に横に退けると、自分を見据えている与太郎に向かって毒づいた。

「あたしはね、花輪糖売りなんてまっぴらですよ。そうだろ、うどん粉こねて油で揚げて、その上に砂糖をまぶしてさ。汗を流して毎日毎日、それだけ苦労をしても、ひと袋売っていくらになるんだったっけ。二十四文だろ。あたしはね、そんな甲斐性なしにいつまでもつき合ってる女じゃないのさ」

「おしか……」

「あんた、こんな綺麗《きれい》な着物を着せてくれるかい……出来ないだろ。それにね、あたしは別にあんたと夫婦になるって約束交わしたわけじゃあないんだから」

おしかは言いはなった。

市岡はくすくす笑うと、

「これで決まりのようだな」

悠然として川端に向かって足を踏み出した。だが、面前を今度は同心二人に阻《はば》まれて立ち止まった。

薄闇の中に現れたのは、平七郎と秀太だった。

「何用だ」

市岡は慌てて威厳を保とうとして、怒号を含んだ声をかけた。

「北町奉行所同心、橋廻り、立花平七郎」

「何だと……はて、橋廻りとはな。そんなお役目もあったのか」

市岡は馬鹿にして鼻で笑った。だがすぐに険しい顔に戻して言った。

「橋廻りが何の用だ」

「市岡様、一部始終拝見致しましたぞ。はてさて、火盗改ともあろうお方が、人の女房をわがものにしているとは、人倫にももとる行為、それで当分とはいえお役が務まりますかな」

「だまらっしゃい。町方風情が無礼であろう。退け！」

「退きません。おしかを、そこの父と子にお返し下さい。それに、まだお尋ねしたいことがございます」

「何……」

「お屋敷内で賭場を開いていることです」

平七郎は、ぐいと出た。

「何を言うのかと思ったら、北町の立花と申したな。役宅に立ち戻り、首をあらって待っておれ」

市岡はそう言うと、

「何をしておる」

ふいに手を上げて怒鳴った。

すると、隅田川の方から、提灯を下げた数人の武士が走って来た。

「殿、船が待っております」

市岡の家来のようだった。一様に平七郎を警戒して刀の柄に手を添え身構えながら、市岡を囲んだ。

「平さん……」

秀太も柄に手をやった。だがその腕を平七郎の手が押さえた。

市岡は、家来たちに囲まれるようにして川端に移動して行った。

おしかだけがそこに残った。

提灯の光が遠のくと、そこには薄闇が戻ってきた。

月の明かりは弱く、離れて立つと互いの表情は子細にはわからなかった。だが、

「ふん」

おしかが鳴らした鼻が、いっそう憎々しく聞こえたのは、太吉にとっては辛かった

に違いない。

おしかは家の中に黙って引き返そうとした。

「待て、太吉はどうするんだ」

平七郎の声が飛んだ。

「太吉？」

おしかは振り返った。

「お前を慕《した》ってここまで来た倅《せがれ》を放っておくのか」

「……」

じっと闇を見るように、おしかは黙って太吉を見た。

「お前は、この子の母親じゃないか。血の通った親子だろう」

するとおしかは、からっころっと下駄の音をさせて近づき、

「旦那、放っておいて下さいな」

少しも心を痛めた風もなく、あっけらかんとして言ったのである。いや、むしろ迷惑そうな声だった。

聞いたのが同心だから、仕方なく答えている、そんな感じだった。

「お前は、何を言っているのかわかっているのか」

「そのうちに迎えに行きますよ、旦那……太吉、それでいいだろ」

おしかは曖昧《あいまい》な笑みを浮かべて、突っ立ってじっと自分を見詰めている太吉に言った。

太吉は、くるりと回ると、一目散に薄闇の中に駆け出した。

「待て、太吉」

与太郎が追っかける。

「難しいんだから、あの子」

おしかは、笑ってみせた。

「馬鹿者!」

おしかの顔にかぶりつくようにして、秀太が一喝した。

「お前は、大馬鹿者だ!」


「立花様、やってきました。ならず者二人を連れています」

松葉屋卯兵衛は、一尺ほど開けた大戸の隙間から大路を覗いていたが、慌ててその時を待っている平七郎と高崎十五郎《たかさきじゆうごろう》のもとに戻ってきた。

高崎十五郎は、品川宿の宿場役人だった。辰吉が鮫治郎の首実検をするために、同道してもらったのである。

二人は朝から松葉屋の店の中で、鮫治郎がやって来るのを待っていた。

――奪われた店の沽券を返してほしい。本日持参しなければ、丸屋鮫治郎の過去を世間にばらす――。

松葉屋が平七郎に言われて書状にしたためて送りつけた文言《もんごん》である。

――鮫治郎は来る。

平七郎は確信していた。

果たして鮫治郎は、夜の四つ（十時）にもなろうかという時刻に、手下を連れて現れたのだった。

さすがに大路に人通りのある時刻には、顔を出せなかったらしい。人の口の端に自分の過去が上るのを恐れたのかもしれないが、松葉屋の口を封じるためにも日中は避けたのかもしれなかった。

人通りの絶えた大路を、鮫治郎は闇を背負って現れたのだ。

「松葉屋、待たせたな」

鮫治郎は、手下二人とともに入って来ると、がらんとした店に一人で待っている卯兵衛の姿を見て、にやりと冷たい笑いを送ってきた。ぞっとするような不気味さがあった。

しかし卯兵衛は、今夜の鮫治郎には臆することなく向き合えるという自信があった。

なにしろ平七郎と十五郎が、卯兵衛のすぐ後ろに垂れ下がっている紺の暖簾《のれん》の奥から見守ってくれている。

「鮫治郎さん、この店の沽券をお返し下さいませ」

「ふっふっ」

鮫治郎は、小馬鹿にした笑いを送ると、

「その前に、俺の過去とはなんだ。聞きたいものだな、え」

着物の前をめくりあげた。

「あ、あんたは、ほ、ほんとうは鮫之助という人ではありませんか」

「なんだと……」

「私は知っているんですよ、あ、あ、あんたがどんな事をしてきたか……お、お奉行所に訴えればどうなるか……」

「そうかい、なるほど、いろいろと調べたらしいが、これまでだな。お前の世迷い言とは今夜限りおさらばだ。おい、かまわねえから一思いに殺《や》っちまいな」

鮫治郎が鋭い目付きで両脇の二人に命じた時、暖簾が揺れて、平七郎と十五郎がぬっと出て来た。

「あっ」

鮫治郎は、小さく叫ぶと、次の瞬間踵《きびす》を返した。

だが、踏み出そうとした足が止まった。

大戸の外には、御用提灯を持った小者や六尺棒を持った捕り方がずらりと並び、秀太と辰吉が白い襷《たすき》に鉢巻きを締めて立っていた。

「くっ」

鮫治郎は逃げ場を失い、再び振り返って平七郎たちに向いた。

怒りと恐怖で顔が真っ赤に染まっている。その顔を平七郎がにやりとして眺めながら、傍の高崎十五郎の背を押した。

「どうだ高崎さん、見覚えがあるかな」

すると、高崎十五郎が興奮した声を上げた。

「間違いございません。この男は三年前に品川の賭場で捕縛された博徒《ばくと》で人殺しの一味です。名は鮫之助……」

「やはりな」

平七郎は顎《あご》を撫《な》でながら、鮫治郎をじろりと見て言った。

「すると、京から逃げて諸国を放浪していた凶賊ということだな」

「はい。そのように聞いています」

「それとももう一つ、わざわざ火盗が出向いての捕物だったと聞いているが、その時の火盗様は市岡様に間違いないな」

「間違いございません」

「よし、わかった。それにしても、おかしいな。おかしいこともあるものだ」

平七郎は土間におりると、ゆっくりと鮫治郎に近づいて行った。

鮫治郎は、顔を歪《ゆが》めて睨《にら》んでいる。その顔にかぶせるように、平七郎は続けて言った。

「俺が調べたところでは、当時捕縛された悪人たちは全員死罪になっていた筈だが
……そうだな、高崎さん」

「その通りです。こんなところでまた会うなどと、思ってもみませんでした」

「聞いたな、鮫治郎。これでお前も終わりだ。市岡様もな、ただではすむまい」

「うわー！」

鮫治郎が突然叫んで、懐から匕首《あいくち》を取り出すと振りかざした。手下二人も匕首を引

き抜くと、そのまま表に走り出た。

わっと捕り方たちの輪が乱れ、しかし瞬く間に三人を御用提灯が囲んだ。

「どけ。どきやがれ！」

鮫治郎は、濃い眉の下に鷲の目玉が飛び出したような形相で、匕首を前につきつけて威嚇《いかく》している。

「秀太、辰吉、そこの二人を頼むぞ」

平七郎は、手下の二人を顎で指し示し、自分は鮫治郎の前にゆっくりと進み出た。

「悪足掻《わるあが》きはやめろ」

「うるせえ！」

鮫治郎が突っ込んできた。

平七郎は右に体をずらしてやり過ごした。鮫治郎は勢いあまって、匕首を摑んだまま、平七郎の後ろで構えていた捕り方たちの中に突っ込んだ。

「わっ」と声があがって、一人の捕り方が転んだ。同時に握っていた六尺棒が手から離れた。

「野郎」

鮫治郎がそれに気づいて、起き上がろうとしている捕り方に匕首を振り下ろした。

「止めろ」

平七郎は、捕り方が取り落とした六尺を拾って、振り下ろした鮫治郎の手首を下から打ち上げた。

「あっ」

鮫治郎の匕首は、闇の空に飛んだ。

体勢を整えようとする鮫治郎に、平七郎の六尺はさらに容赦なく飛び、鮫治郎の向こう脛《ずね》をしたたかに打った。

鮫治郎は、ぐっという声とともに両膝を着き、どさりと足を抱えて芋虫のように転がった。

「縄をかけろ」

平七郎が言うより早く、高崎十五郎や小者が鮫治郎を押さえていた。

「平さん、こっちも片づきました」

秀太の興奮した声が聞こえた。

平七郎が振り向くと、縛り上げた二人の手下を、力任せにひき据えている秀太と辰吉の姿があった。

やがて――。

「では……」

秀太と高崎十五郎は鮫治郎たちを引っ張って闇の中に消えた。

平七郎は一行を見送ると、大きく溜め息をついて店の中に引き返そうとした。

だがその目が、三軒先の軒下にある黒塗りのお忍び駕籠に留まった。黒塗りの駕籠は数人の家来を従えて、じっとこっちを見ているのである。

平七郎は静かに駕籠に近付くと、片膝ついて一礼した。

「終わったな」

駕籠の中から声を掛けてきたのは、榊原奉行だった。

「はっ」

「それはそうと、明日の正午だが、さる屋敷で茶会がある。わしも参るのじゃが、先頃、月心寺でお前も会った奈津殿もお手伝いで参るそうじゃ。どうだ、行かぬか」

平七郎の心を探るような視線を送ってきた。

「ありがとうございます。したが私には、まだやり残した仕事が残っておりますゆえ」

「そうか……」

榊原奉行はそれだけいうと、駕籠の戸を閉めた。

「それ」

側に従っていた家士の声で、駕籠は静かに去って行った。

——奈津……。

平七郎の脳裏を、月心寺で見た茶を点てる白い手が過った。

だがすぐに打ち消した。

なぜかおこうが拗《す》ねてこっちを見ているような、そんな気がしたのである。

平七郎は苦笑を浮かべると、松葉屋に大股で引き返して行った。

薄日が白洲に流れて来ていた。秋の日の乾いた空気が、その光を優しく照り返している。

ここ八丁堀に近い南茅場町の大番屋は、仮牢に留め置いている罪人もいないからか、ひっそりしていた。

平七郎は、目の前にうなだれて座る与太郎と太吉と、二人に向かい合ってふて腐れた顔で座るおしかをじっと見ていた。

鮫治郎を捕まえたことで、市岡勘解由の悪がつぎつぎと明るみになり、数日前に市岡は蟄居謹慎《ちっきょきんしん》を申し渡され、まもなく評定所で取り調べが行われる筈である。

鮫治郎はむろんだが、市岡の助かる道は一分もないだろうと平七郎は考えている。おしかもそのあおりを食って、家を失い、与太郎のところに帰ることもならず、両国の矢場で働く知り合いの女のところに転がりこんでいる。

三人の対面のお膳立ては、平七郎がした。

大人二人がくっつくの別れるのの騒ぎは仕方がない。だが、幼い太吉をこのままにしていい筈がないと思ったからだ。

秀太も同じことを考えていたらしく、橋の見廻りもうっちゃって同席している。

だが、大番屋の白洲に五人が入ってからずいぶんになるが、それぞれの場所に座ったなり、ずっと沈黙が続いていた。

おしかは反《そ》り返って、所在なげにあっちに目をやりこっちに目をやりしているし、与太郎はときおりおしかの顔を盗み見しては頭を垂れる。そして太吉は、俯いたまま、母などちらとも見向きもしない。

――これでは駄目だ。

平七郎が口火を切ろうとしたその時、赤いとんぼが二匹、互い違いに飛びあいながら白洲にまぎれこんできた。

秋茜《あきあかね》だった。

太吉の表情が動いた。じっと、とんぼの動きを追っている。

とんぼは、あっちに止まろうとしたり、こっちに止まろうとしたりしていたが、おにごっこをするようにまた外に出て行った。

その時だった。

「おとっつあん、帰ろうよ」

頭を俯けたまま首をねじって太吉は与太郎の顔を見た。

ふん、勝手にしやがれ……というような顔でおしかは見ている。

「太吉、それでいいのか。おっかさんと一緒に暮らしたくないのか」

たまりかねて秀太が言った。

すると太吉は、

「おいらには、おっかさんなんていないんだ」

顔を上げて、きっとおしかを睨んでいる。

「目の前にいるじゃないか」

「知らないや。おっかさんというのなら、おとっつあんにあやまれ。ごめんなさいとあやまれ」

叫ぶように言った。声が震えて涙声になっている。

「この子ったら、何を言うのかと思ったら……いいかい、太吉、おっかさんはねえ、今日はお前を連れて帰ろうかと思ってきたのさ。こちらの旦那に説教されたからじゃない。あたしだって母親なんだからね、そうさ、可愛いさ。自分の腹を痛めた子だもの」

「嘘だ！」

太吉は、必死の抵抗をみせて叫ぶ。

「嘘なもんか。誰にも言うまいと思っていたけどさ。おっかさん、殿様からたんとお金を貰っていたのさ。そのお金で小さなお店でも開くつもりだから、ね……一緒に帰ろう、おっかさんのところに」

だが、太吉はおしかを睨んだまま、立ち上がった。

そして、与太郎の腕を強くひっぱった。

「いいのか太吉……このおとっつあんは甲斐性がねえ。いつまでたっても花輪糖売りだ」

「いいんだ。おいらも大きくなったら、花輪糖売りになるんだ」

太吉は、きっぱりと言った。

「太吉……」

与太郎は、思わず涙ぐむ。

太吉はくるりと踵を返すと、白洲を出た。白洲を出ると河岸である。河岸には柔らかな陽が降り注いでいた。

「待ってくれ太吉」

与太郎が追っかける。

父と子は、秋草の茂りをところどころにみせる河岸の道を、手をつないで歩いて行く。

そしてその二人を慰めるように、さきほどの秋茜が前後左右に飛びながらついていくのである。

あたたかいが寂しげな光景に見えた。

その時だった。

「太吉!」

おしかが叫んだ。

だが太吉は、ほんの少し背をみせたまま立ち止まっただけで、また歩き出そうとした。

おしかが、今度は泣きそうな声を出した。

「まっておくれよ。ごめんよ、あやまるよ。与太さん、ごめん、許しておくれよ……あたしも仲間に入れておくれよ」

するど、くるりと太吉が振り返ったではないか。

黒くて大きな瞳でおしかを見詰めていたが、やがてその目に大粒の涙があふれ出た。

「太吉！」

おしかが裸足のままで、太吉の方に走っていく。

「平さん、太吉のやつ、やっぱり母親が恋しかったんですよね」

秀太が言った。秀太の声も涙声だった。

第三話　ちちろ鳴く

一

未明から雨を伴って吹き荒れた風が止んだのは、暁《あかつき》のころだった。まんじりともせずに夜を明かした平七郎は、明るくなるのを待って秀太と八丁堀《はっちょうぼり》を出た。

野分《のわき》のあと、火事のあと、地震のあとはことに橋廻りは忙しい。

橋は傷んでいないか。流木などが橋桁にからみついて、流れをせき止めてはいないか。橋袂の店の屋根や置物が飛び、あたりに散乱して橋の通行を邪魔してはいないか。怪我人は出していないか。点検することは山ほどあった。

しかし一度に全部の橋を見回れる筈がない。だから特に気になっている箇所から見回る。

二人はまっすぐ比丘尼《びくに》橋に向かった。

比丘尼橋は鍛冶《かじ》橋の南側、外濠と京橋川がつながる場所に架かっている。長さが十二間（約二十二メートル）あまりの橋なのだが、四、五日前に大八車に積み上げて運搬していた材木が、縄が切れてくずれ落ち、欄干を壊して川に次々と落下したという事件があった。

この橋の北側には槙《まき》河岸や大根河岸があって、重い荷物を運ぶ大八車を牛にひかせたり人力でひいたりと、往来は結構多い。落下事件は、そういう背景の中で起こったのである。

比丘尼橋の欄干は東側中ほど三間が壊れてしまった。

橋の被害は大きかったが、それより、材木の運搬をしていた車力二人も川に落ちて大騒動だったのだ。

その後、橋は修繕の手配もすませたが、ほっと一息ついたところに野分が来た。

しかも、昨夜のような雨風に襲われると、まだ修繕し始めてもいない壊れた箇所は、木の皮を剝《は》ぐように、残った欄干も橋床もめくりとられてしまうのではないかと案じられた。

それほど昨夜の野分は、ひゅるひゅると不気味な音をたてて荒れ狂ったのであった。

「平さん、やられましたね」

秀太が橋の上に走り上がって、前後左右を見渡した。

橋床はなんとかくっついていたが、欄干は剝がされた手摺《てすり》の部分が、ぶらぶらと橋の下にぶら下がって揺れているではないか。

橋の南袂の板葺《ぶ》きの店『山くじら』も屋根が剝がされたらしく、主の松治《まつじ》と女房のおみなが、おおわらわで店の中を片づけていた。

「しばらく店は無理だな」

秀太が近づいて声をかけると、松治は木切れを退《の》けたり、泥を払ったりしていた手をとめて、

「なあに、屋根がなくても店は出せます。夜は近くの知り合いのところに泊めてもらうことになってるんでさ。被害はうちだけではござんせんから」

松治は紺屋《こんや》町一帯を見渡した。

確かにあちらこちらで、松治夫婦と同じように野分のあと片づけに立ち働いている姿が見える。

京橋寄りの西紺屋町の川岸では、ひとりの若い女がたすき掛けで裾も短くして、泥に汚れた地蔵さんを、桶の水をかけながら丁寧に洗っていた。

袖から出した細い腕も、裾から出ている二本の足も、朝の日にかがやくように白く見える。いや、白いというより、しっとりとして見えた。

腰を起こして襟足《えりあし》に乱れた髪をなでつけた時のしぐさもさる事ながら、ちらと見えた横顔はなかなかの美貌である。

桶の側には、後で供《そな》えるつもりなのか、小さな花束もこしらえて置いてあった。花は野菊のように見えた。

「おふささんですよ」

松治の女房おみなが、絞った雑巾を手にしたまま近づいてきて、にやりとして言った。

「近くの者なのか」

秀太が興味深そうに聞いた。

「だと思いますよ。住まいは知りませんが、橋向こうから毎日お地蔵さんを拝みにやってくるんですよ、おふささん。何か訳があるんですかね。いずれにしても皆感心して見てるんですよ」

「ほう……たしかあの地蔵は、石工師の長次郎《ちょうじろう》が彫ったのだったな」

「ええ、去年の夏に、旦那もご存じだと思いますが、あのあたりの川岸近くで女の子が浮いていましてね、お役人は事故か殺しかなんて騒いでいたけど、とうとう身元がわからず、誰もうちの娘だと名乗り出なかったんですよ。ええ、お奉行所も読売なんかも身元を尋ねる刷り物を配ったんですけどね。だからここらへんでは、皆可哀そうだって言ってってね、お地蔵さんを建てることにしたんですよ。それであの長次郎さんが彫ったんです。供養してやらなくっちゃいけねえって」

「そうだ、その長次郎の姿が今日は見えぬな」

平七郎が辺りを見渡した。

長次郎というのは、この辺りでは有名な奉仕に挺身《ていしん》する男で、非常事態の時などは率先して困っている人を世話する男だ。

臨時のお救い小屋を建てるのを手伝ったり、炊き出しを手伝ったり、いつぞやは帰る家を忘れた老婆をひと月近く面倒みて、奉行所から表彰されたこともあり、長次郎の功績はおこうも読売にとりあげたりして、平七郎たちも良く知っている男である。

むろん石工としても、その腕は知られている。

父の長七《ちょうしち》も石工師だが、長次郎は北紺屋町の裏店に住んで、中の橋近くの槙河岸に店を張る『布袋《ほてい》の駒《こま》』こと駒蔵《こまぞう》親方の仕事場にお礼奉公しているところだ。

石工にもいろいろあるが、駒蔵親方や長次郎の場合はいわゆる石材彫刻師で、灯籠《とうろう》とか獅子とか地蔵を彫る。心を穏やかにするありがたい物を彫るのである。

ゆえに駒蔵は布袋を屋号としているが、布袋の名とはうらはらに、筋骨は逞《たくま》しいが痩《や》せた男らしい。

その布袋屋に長次郎は長い間住込みで弟子入りしていたが、二年前に年季も明け親方の家を出ていた。

お礼奉公ももうすぐ終わるから、そろそろ北八丁堀の父の住む家に帰るか、親方の下で一人前の石工師として働くか、どちらかを選択しなければならない頃だ。

その長次郎の姿がこの非常時に見られないのが不思議だったのだ。

「それがねえ旦那」

おみなは溜め息をもらすと顔を曇らせ、声を潜めて、

「いま手鎖の刑で家の外には一歩も出られないんですよ」

「何、手鎖だと……何をやったんだ」

「それが、何がなんだか……噂じゃあ長次郎さんが彫った地蔵菩薩の額に十字の印があったとかなんとか……」

「十字だと……それはヤソ教のクルスという意味か」

秀太は驚いた声をあげたが、すぐに、

「お前の聞き間違いじゃないのか」

半信半疑でおみなを見た。

「あたしもそう思ってるんだけど、様子を見に行ってやりたくっても、聞いた話じゃ、牢役人が時々見にくるらしくってさ。おっかなくて行けやしないよ」

「平さん、あとで様子を見にいきますか」

秀太は気になるのか、心配そうな顔を平七郎に向けてきた。

「お願いしますよ旦那、そうしてやって下さいな」

おみなは雑巾を持った手で、平七郎たちに手を合わせた。


数日後のことだった。

修繕が始まった比丘尼橋を見回ったついでに、平七郎と秀太は長次郎が住まいする北紺屋町に向かった。

長次郎の住まいは小間物屋の横手から入った長屋だった。古いその木戸を入ろうとすると、

「これは立花さんではありませんか」

長屋の路地から牢役人の浜崎金之助《はまさききんのすけ》が出てきた。

金之助は牢役人でも上級の鍵役人で、平七郎は定町廻りをやっていた頃何度か会っている。

牢役人には与力はいないから、鍵役同心が一番偉くて役高は四十俵四人扶持、正規の鍵役は二人居る。他に助役が四人いて、金之助もこの助役だから、禄も同じ牢屋同

心の二十俵二人扶持とさして変わるまいと思う。

平七郎たち町奉行所の同心は三十俵二人扶持だが、各藩や旗本、それに商人たちから役高以上の付け届けがある。

しかも物書同心や古参同心になれば三十五俵、さらに手柄の顕著な同心には百俵、与力に昇格する道だってなくもない。同じ同心でも、格も収入も、町奉行所の同心のほうが恵まれていた。

禄の格差、勤めの中身、そういったもろもろの事情から、互いに同じ同心でもいうにいわれぬわだかまりを持っていたが、金之助は平七郎より歳も若いということもあってか屈託もなく、つきあいやすい男だった。

「そうか、おぬしが長次郎の改めに来ているのか」

平七郎は、ひょろりと背の高い金之助の顔を見上げた。

改めとは、私宅にあって手鎖の刑を受けている者への、いわば監視である。

手鎖は鉄製の瓢型《ひさごがた》で、これを左右に開いて両手首を挟み、開き口に鍵をし、さらに美濃紙で封印するが、この封印を切っていないかどうかを確かめるのである。

手鎖三十日、五十日の者は五日に一度、百日の者は隔日に改める。

通常は犯罪人の身柄を町内預け家主預けにし、罪人本人が出向いて封印を改めてもらうのだが、格別の心配がある場合は牢屋敷の鍵役人が改めに行く。

「では、立花さんは長次郎に会いにここに？」

「見知った仲だ、気になってな……そうだ、ほんのいっときでいい。付き合ってくれぬか」

平七郎は、隣の蕎麦《そば》屋に誘った。

金之助は、ちょっと困ったような表情をしていたが、ついて来た。

「立花さんは何も聞いていないのですか」

金之助は、蕎麦屋の椅子《いす》に腰を掛けるや言った。

「うむ。俺が聞いたのは、長次郎が彫った地蔵の額に十字の印があったとか……そうなのか？」

「ええ、私は牢役人ですから詳しいことは知りませんが、長次郎が仕事場で彫っている地蔵のひとつにそれらしい印があった……それに気づいた兄弟子が、おそれながらと奉行所に訴え出たというのです……」

「ほう……兄弟子がな……俺も長次郎のことはよく知っているつもりだが、ヤソ教に帰依しているなど信じられん」

「はい、信者でないことははっきりしましたが、変わった趣向をと、そんなものを彫ったことは大いにあり得ます」

「彫ったことを、長次郎は認めたのか」

「いいえ、一向に知らぬ存ぜぬの一点張りで……しかし誰かの仕業だという証拠でもない限り、放免というわけにはいきません。それに……」

「それに……まだ何かあるのか？」

「長次郎は奉行所に密告した兄弟子を殴って傷を負わせたのです」

「何と……」

「十字の彫りといい暴力といい、世間を騒がせた罪は軽からずということで手鎖三十日ということに……」

「そうか……で、長次郎の今の様子はどうだ？」

「口をへの字に結んで、私なんぞにはひとことも口をききません。新しい地蔵を不自由な両手で彫ろうとしているようですが、一向にはかどらない様子です」

「……」

平七郎は側で聞いている秀太と顔を見合わせた。秀太も納得できない顔をしている。金之助はわが意を得たりというように話を続けた。

「立花さん。あいつは本当に彫り物が好きなんですよ。あんなに彫り物が好きな男が、そんな馬鹿なことをしますかね。こんな事を言っては南町に叱《しか》られそうですが、私は長次郎はぬれぎぬを着せられたんじゃないかと思っています。今更どうしようもないことでしょうが……」

「封印が解けるまで、あと何日残っているのだ」

「あと十日です」

「そうか、いや、手間をとらせてすまなかった」

平七郎は、運ばれてきた蕎麦を金之助に勧めた。

三人が蕎麦屋を出たのは、まもなくだった。金之助とは蕎麦屋の前で別れた。

二

「長次郎のやつ、何か兄弟子に恨まれるようなことでもしたんでしょうかね」

「うむ。少し元気づけてやるか」

さぞかし力を落としているに違いない。腹も空かせているに違いないと、平七郎と秀太は、いったん出てきた蕎麦屋に戻り、出前を頼んでから長次郎の家に出向いた。

家の前に立ち、戸を開けようとすると、

「うまい。こんなうまい煮っころがしはあっしは初めてです」

長次郎のうわずった声が外まで聞こえてくるではないか。

「どうなることかと案じていたけど、よかったこと」

女の声もする。

「平さん」

秀太が小さな声で言い、平七郎の腕をつっついた。

二人は戸にかけていた手を離し、息を殺して耳をそばだてた。別に盗み聞きしようと思ってのことではない。聞いたこともない長次郎の甘ったたれた声を聞いて、入っていいものかどうか迷ったのだ。

茶碗と箸《はし》の触れ合う音がして、また長次郎が言った。

「おふささんが来てくれるんだったら、ずっと手鎖でもいいや」

でれっとした声だった。

秀太がまた、平七郎の腕をつっついた。

──そうだ、おふさといえば、比丘尼橋の近くの川岸で、地蔵の体を清掃していた女ではなかったか。

「長次郎、俺だ」

平七郎が大声を出して戸を開けると、

「旦那！」

長次郎は、すっとんきょうな声を上げて戸口を見ていた。

予期せぬ客が来たと、面食らっているのが顔色に出ている。

長次郎の前には膳が出ていて、茶碗と箸を持ったあの女、おふさがきまり悪そうな顔で頭をさげた。

その状況から判断できるのは、手鎖になった長次郎を案じて、おふさという女が手作りの食事を運んで来たらしい。

いや、そればかりか、新婚夫婦のように、あーんとか言って食べさせてやっていたのだろう。

しかしなんで長次郎のような無粋《ぶすい》な男のところに、おふさのような女が出入りしているのかと、こちらも呆気にとられていたら、

「お恥ずかしいところを……」

長次郎が、ようやく正気に戻ったらしくて、顔を赤くして頭をさげた。

「いいんだいいんだ。心配して来てみたんだが安心したぞ。食事もしてないんじゃないかと出前を頼んできたが無駄だったな」

平七郎が苦笑した。

「いいえ、旦那、有り難く頂きやす」

「じゃあな。聞きたいこともあるが、また後にしよう」

二人が帰ろうとすると、

「お待ち下さい。私ならもう帰るところです。おつとめがあるんです」

おふさは慌てて前垂れを外し、

「私おふさと申します。あとをよろしくお願いします」

はにかんだ顔で頭を下げると、

「長次郎さん、あと少しですから、けっしてヤケをおこしちゃ駄目ですよ。約束しましたからね」

まるで弟にでも言うように言い含めて帰って行った。

どうやら平七郎たちが案じていたように、長次郎はおふさ相手に我が身の不運を訴え、悲嘆にくれていたようだ。

そこにおふさがやって来て、いっとき長次郎は慰《なぐさ》められていたということらしい。

「おふささんと言ったな、いい人じゃないか」

平七郎と秀太は、上がり框《がまち》に腰をかけると家の中を見渡した。

長次郎の家は、一畳ばかりの土間から上がったところが板の間の三畳間で、板の間にくっついて一畳半ばかりの台所がある。そして奥に四畳半の畳の部屋がひとつ、全部でこれだけの間取りである。

ところが三畳間の板の間には莚《むしろ》を敷いて、一尺五寸ほどの彫りかけの地蔵が置いてあった。狭い家の中でけっこう場所をとっている。

手鎖になるまでは、お礼奉公から帰ってくると、ここで地蔵を彫っていたらしいが、その莚の上に幾つもの鑿《のみ》が放り出してある。

おそらく不自由になった手で鑿を握ってみたものの思うようにはならず、腹を立てて投げた、そんな感じがした。

「比丘尼橋の、あの地蔵は、川に落ちて亡くなった童《わらべ》の魂を慰めるだけじゃなく、長次郎、お前とおふさの縁を結んだという訳か。羨《うらや》ましい話ですね、平さん」

「まったくだ。お前、あのひとと所帯を持つのか？」

「旦那……」

二人が、かわるがわる羨ましそうに言ったものだから、長次郎は逆に真面目な顔をつくって、

「おふささんがあっしの世話を焼いてくれるのは、哀れんでのことでございやすよ。

旦那方が思ってるような間柄ではござんせん」

「そうかな、そうは見えなかったぞ。俺も平さんも入るのをためらったぐらいなんだから」

「確かに、手鎖になってから、おふささんが見舞ってくれる、それがあっしの支えになりました。しかし、仮にです。仮に気持ちが互いにあったとしても、あっしのこの先は真っ暗です。人並みに女房をもらえる人間じゃなくなっちまいました」

長次郎は力なくうなだれて手鎖を見た。

「そうかな。俺はそうは思わぬ。その手鎖が解ければまた元の暮らしが出来るじゃないか」

「いいえ、長屋の者の中には、入れ墨をされた訳じゃあねえんだからなんて慰めてくれる人もおりやすが、昨日親父がここに来て言ったんですよ。おめえは立派に科人《とがにん》だ。俺の顔も丸潰《つぶ》れ、布袋の駒蔵親方の立場もねえ。こんな息子を持つなんて、草葉の陰でおっかあも泣いているぞと……」

「……」

「親父は、こうも言ったんですよ。疑いをかけられるような地蔵を彫ったのも、年増の女とかかわって心が彫りから離れてたからだって……おめえがクルスを彫ったとは

思わねえが、手が滑ってそんな傷をつけたのも女にうつつを抜かしているからだと
……」

「長次郎、父親だから厳しいことも言うのだ」

「……」

「親父は歯がゆいのだ。お前には望みをかけていたからな。それに、口ではそう言っても、お前が手鎖の刑を受けるなんて信じたくないのだ」

「……」

「本当のことを言ってみろ。お前はそんなものを彫った覚えはないと否定したそうではないか。ならば他の、誰かの仕業だ。それもごく身近な者のな……」

「……」

長次郎は平七郎の視線を外した。懸命に歯をくいしばり、膝に置いた手鎖の手が、ぶるぶる震えていた。

「長次郎……誰か心当たりはないのか。その者さえわかればお前がこんな目に遭うことはなかったのだ」

「すまねえ、旦那……そのことはもう、お聞きにならねえで下さいやし」

「そうか……ならば聞くまい。しかしそれならば親父に文句を言うな。甘んじて受け

ている手鎖なら愚痴《ぐち》を言うこともない」

平七郎は厳しい事を言った。だが、すぐその後で、

「長次郎、辛抱もあと少しだ。そしたらな、あの人と、あのおふさとやり直せ。浮かぶ瀬もある」

うなだれている長次郎の肩に手を置くと、秀太を促《うなが》して立ち上がった。

「旦那……」

長次郎が見上げていた。何か言いたげな目をしていたが、

「あっしのような者にお見舞い頂きやして、ありがとうございやす」

頭を垂れた。


「すまねえな、ありがとよ」

長次郎は、比丘尼橋の側に立つ地蔵菩薩に手を合わせていた。

耳朶に届く川の音、頰をなでていく風……三十日振りに吸う外の空気はうまかった。

長屋にやってきた鍵役同心の浜崎金之助によって、手鎖が外されたのだ。

「よかったな長次郎、これでお前も自由の身だ。存分に鑿がふるえるぞ」

金之助は、そんな慰めの言葉をかけて帰って行ったが、長次郎の心は晴れなかった。

父親のところにも帰れず、さりとて親方駒蔵のところにも帰れない。

この先どうしたものかと、彫りかけの地蔵の前で座っていると、

「長次はいるかい、ごめんよ」

親方の駒蔵が柳樽を下げてやって来たのである。

「こりゃあどうも、親方、この度はどうもすみません。ご迷惑をおかけいたしやした」

長次郎は両手をついて神妙に頭を下げた。すると駒蔵は、

「長次、すまねえ」

この通りだと頭を垂れたのである。

「親方……」

驚いて見返した長次郎に、駒蔵は太い溜め息をついて言った。

「長次、おめえが彫ったとされたあの額の印だが、あれはおめえがつけたんじゃねえ。何かの間違いだったってことがわかったんだ」

「……」

「お奉行所にももはや手遅れとはいえ、そのことは届けてここに来たんだが……それにしても言い訳もしねえでよ、さぞかしおめえは、ぬれぎぬを着せられて悔《くや》しかったろうと思ってな。ぜーんぶ、俺の目の不行き届でおきたことだ。それでこうして謝りにきたんだ」

「親方、もう過ぎたことでございやす。分かっていただければそれで……」

「実はな、佐七《さしち》が妙なことを言い出して分かったんだが」

「佐七が……」

佐七というのは、長次郎の三年あとから駒蔵のところに入ってきた石工で、長次郎にとっては弟弟子に当たる。

「そうだ、佐七がな、今まで黙っていたのは勘《かん》の字に遠慮していたというんだ。恐ろしくて言えなかったと……」

勘の字とは、長次郎を密告した兄弟子勘五郎《かんごろう》のことであった。

「佐七はな、こう言ったんだ……」

駒蔵は、上がり框に腰を掛けると、腰につけていた煙草《たばこ》入れを引き抜いて、一服吸いつけてから話を継いだ。

その話によれば――、

あの日、長次郎が仕事を終えて彫った地蔵に布をかけて帰った後、佐七はそっと布をとって地蔵を見ていたのだ。

兄弟子の仕事の具合をじっくり見たかったらしいのだ。

だがその時には額になんの傷もなかった。

額に印があると騒ぎになったのは翌朝で、長次郎が仕事場に現れる前のこと、勘五郎が見つけて、騒ぎ始めた。

それればかりか、勘五郎はすぐさま奉行所に訴え出たのだった。

長次郎が仕事場にやって来たのはその後で「あの額の印はけっして長次兄いのしたことじゃねえ」と佐七は駒蔵に言ったらしい。だが、駒蔵はそれを聞き入れることができなかったのだ。

「俺はあの場所にいなくって、勘五郎の言う事を鵜《う》呑《の》みにしちまったんだが、佐七の話が本当だとすると、おめえを庇うこともしねえで、可哀そうなことをした。おきくにも叱られてな」

駒蔵は吸い殻を土間に打ちつけると、さらにそれを草履でふみつけ、火の気のないのを確かめた。

おきくとは、駒蔵の一人娘のことである。目に入れても痛くない程の娘である。

「親方、その気持ちを頂いただけで、あっしはもう……」

思いがけない親方の言葉に、長次郎は胸を詰まらせた。

長次郎はあの時、勘五郎が自分を訴えたと知り、勘五郎に文句を言って喧嘩になった。

口争いはやがてつかみ合いになり、長次郎が殴ったところが悪かったのか、勘五郎の額から血が流れ出た。

運が悪かったのは、丁度そこに南町の同心に踏み込まれたことである。

「佐七の言うことが本当なら、おめえには何の罪もねえ。いずれわかるだろうが、誰かが傷をつけたんだな。そういうことの出来るのは……」

「親方、もういいんです」

長次郎は親方の言葉を遮《さえぎ》った。

「あっしも勘五郎兄いを怪我させておりやすから」

「おめえは腹を立てて当然だったんだ。勘五郎の奴にはきつく言い含めてやったぜ。よく調べもしねえで二度と仲間を売るようなことをした時には、勘当だってな」

「親方……勘五郎兄いはお嬢さんといずれ祝言をあげるお方です」

「その話も考え直すと言ってある」

「親方……そんな事をおっしゃらないで下さいやし。あっしは、親方があっしを信用して下さった、それだけで十分でございやす」

「すまねえな、長次郎。お前にそう言ってもらって俺もほっとしたぜ。いまさら謝ってすむ事ではないが、おめえ、戻ってきてくれるな。みんな待ってるんだぜ。何、その時には、勘五郎にもきっちりと謝らせるから、なんだったら明日からでも頼むぜ」

「親方……」

「おめえの腕を待ってくれてるお得意さんがいるということを忘れるんじゃねえぜ」

親方はそう言うと、慈《いつく》しむような目で頷《うなず》き、じゃあなと手をあげて帰って行った。

——世の中、俺が思うほど悪くはねえ。

長次郎は嬉しかった。

勘五郎が自分を訴えたと知った時、長次郎には思い当たることがあった。

原因は親方の娘おきくにあった。

近頃おきくは勘五郎を避けている。そして長次郎に以前にもまして何かと理由をつけて近づいて来るのだった。

勘五郎はそれを敏感に感じ取ったのだ。そして自分をはめたのだと、長次郎はこの長屋で座り続ける中で気がついたのだった。

しかし、相手が親方の娘の婿におさまるかもしれない人だと思うと、口をつぐむしかなかったのだ。

長い間親方には石工師として自分を育てて貰っている。恩ある親方の哀しむ顔は見たくなかったのだ。

――しかしこれで先々の仕事や暮らしに心配がなくなった。

親方の気持ちが、長次郎の胸にずしんときていた。

心機一転やりなおせると、長次郎は親方を見送ったのち、自らが彫った比丘尼橋のそばにある地蔵の許に来て手を合わせていたのだった。

「おめでとう」

ふいに声がした。ふわりと柔らかな空気が漂ったと思ったら、おふさが側にしゃがんでこちらを見ていた。

「おふささん……」

びっくりして見返すと、二人の距離があまりに近かったのか、おふさはすぐに地蔵に顔を向け、その姿を眺めながら、

「長次郎さん、長次郎さんが彫ったお地蔵さんたちが助けてくれたんですよ、きっと

……この世の苦を身代わりになってくれて救って下さるお地蔵様……ありがとうございます」

おふさは地蔵に頭を垂れて手を合わせた。

地蔵の表情が優しげに見える。

――確かにその通りだ。

石工師の手を離れ、路傍に置かれた途端、地蔵には仏の魂《たましい》が宿るのである。

まして目の前の地蔵とは因縁がある。

この場所で子供が溺死体《できし》であがった時、何人かでその子供を引き上げて、ねんごろに弔った者たちの中に、長次郎もいたのである。

長次郎はふとその時、三つの時に死んだ弟のことを思い出していた。

「供養塔をたててやろう」

誰かが言った。

そして長次郎が彫ったのである。

石の代金は町内で賄《まかな》ったが、彫り賃は奉仕するということで、長次郎は手にしていない。

それどころか、布袋屋の仕事を終えて帰ってきてから、長屋で蠟燭《ろうそく》の明かりを頼りに地蔵菩薩を彫り上げたのだった。

今やこの地蔵は、亡くなった子供の供養ばかりでなく、近隣の者たちを守ってくれる大切な地蔵になっている。

特にいま横にしゃがんで手を合わせているおふさは、毎朝地蔵の水を替え、花を供え、拝んできた。しかも一心に拝むのである。

長次郎は、自分が彫った地蔵が気になって三日にあげず立ち寄ったが、そんな長次郎と信心深いおふさが親しくなったのは、この地蔵が縁だったのだ。

おふさとの仲は、そういうことで始まっている。

——きっとおふさとは、深い結びつきがあるんだ。

長次郎はひそかに思っていた。いや、期待していた。

——おいらの新しい門出だ……。

おふさを誘ってみようかと、おふさの事で頭をいっぱいにして長次郎が手を合わせたその時、

「長さん、おめでとう」

後ろで女の声がした。

振り返ると、おこうと辰吉が立っていた。その後ろからにやにやして平七郎と秀太

がやって来るではないか。

「おこうさん……旦那方も……」

長次郎は驚いて立ち上がった。

「皆でお祝いしてあげようっておしかけてきたんですよ」

おこうが言った。

「ありがとうございやす。ほらこの通り、なんでも出来やす」

手や腕を振ったり回したりしてみせながら、両手が不自由なのはこんなにも大変なことなのかと思い知らされたと、嬉しそうに笑みを漏らすと、

「そこの橋袂の茶屋でどうだ。おふささんも一緒に一杯祝おう」

平七郎は皆を誘った。

一同はぞろぞろと橋袂の茶屋に入った。茶屋といっても、煮売り屋に毛の生えたような店である。

山くじらの店は橋の南側にあるが、この店は北側袂にあって、橋を往来する人には手軽に立ち寄れる店として親しまれていた。

長次郎を祝ってみなで乾杯すると、長次郎は親方が来てくれたことを皆に告げ、胸のわだかまりが解けたとほっとした顔をして、

「次は不動明王《ふどうみようおう》を彫るつもりです。火焔を背負っているあの仏でさ。外面は大きく目を見開き、ぐっと睨みつけている憤怒《ふんぬ》の形相《ぎようそう》でございやすが、その内面には深い慈悲があるんです。不動明王は大日如来《だいにちによらい》の使者だそうでございやすから……」

これからの抱負を吐露した。

平七郎をはじめ一同ほっとして、熱心に語る長次郎の話に耳を傾けた。

ところが、おふさがやおら立ち上がると、

「皆さんとずっと一緒にいたいのですが、実は私、長次郎さんの元気な様子を確かめたら、この町を引っ越しすることになっていまして」

意外なことを言い出した。

「引っ越し……」

長次郎の顔色が変わった。突然頭を殴られたような顔をしている。

「ごめんなさい長次郎さん。長次郎さんの封印が解けたらお話ししようと思っていたんです」

「何故だい。なぜそんな事を言い出すんだ……俺はまだ、あんたの住まいすら聞いてねえんだ。聞きたくても聞けなかったんだ」

「……」

「だから俺は、俺は今日こそあんたに会ったら、会ったら……」

長次郎の目には、深い落胆の色が揺れている。

「長次郎さん……」

おふさも溢れるものをこらえようとして、目を伏せた。

長次郎は、堰《せき》を切ったようにおふさに言った。

「苦労はさせねえ。きっと幸せにする。今すぐでなくてもいいから……おふささん」

「いいえ」

おふさは、小さいが強い声で長次郎の言葉を遮った。

「私、長次郎さんが思ってくれるような女ではないんです。長次郎さんの近くにいちゃいけない女なんです。どうか私のことは忘れて下さい」

おふさは背を向けた。

「待ってくれ。どこに引っ越すんだ。それだけでも教えてくれ」

「さようなら、長次郎さん」

おふさは外に駆け出した。

「おふささん！」

呆然と立ち上がった長次郎の肩に、平七郎が手を置いた。

「旦那……」

平七郎は、黙って頷いた。

おふさにどんな事情があるかしらないが、いま追いかけても、長次郎の心に深い傷を刻むだけだと思ったのだ。

秀太もおこうも唖然とした顔をして見守っていたが、力なく椅子に腰を据えた長次郎に、おこうが言った。

「元気だして、長次郎さん……」

長次郎は頷いた。だがその肩がかすかに震えていた。長次郎は声を殺して泣いていた。

三

「何、おふさを調べるとはどういう事だ」

平七郎は書見台を遠ざけると、敷居際に座ったおこうを見た。

おこうの向こうには、部屋の明かりがこぼれ出た廊下と庭先の薄明かりが見えているが、そのひとむらを除いて、まわりは闇に覆われていた。

平七郎の家の庭はさして広い庭ではないが、それでも今は秋草が生《お》い茂り、一角には野菊の花が群れをつくって咲いている。

おふさが地蔵に供えていた野菊と同じ紫の濃い色の花である。ひっそりと朝露に気丈に咲いているその花弁を発見した時には、平七郎はふっとおふさの事を思い出していた。

長次郎が人の目もかまわずに切々と訴えた心を振り切って去って行った女である。

何か深い事情があるようだと平七郎は考えていた。なんともいえないわだかまりが胸の中にあった。

そこへおこうがやって来て、部屋に入って来るなり、おふさのことを調べてみようと考えてるなどと言ったのである。

「いえね、長次郎さんに頼まれたんですよ」

おこうは言った。

「しかしそれは……」

平七郎はそこまで呟《つぶや》いて腕を組んだ。

長次郎の落胆を思えば、人情として何とかしてやりたい……しかしそのために一人の女の身の上に探りをいれるのは好きではない。

人には知られたくないこともある。それをほじくり返していいものかどうか、犯罪の背景を調べるのとは訳が違うのだ。

「平七郎様のおっしゃりたいことはわかっています。でもね、私、放ってはおけなくなったんです」

おこうは苦笑してみせた。だが、見返した目の奥には抑えきれない使命感が垣間見える。

「実はね、平七郎様……」

膝を乗り出したところに、裾を捌《さば》く足音が廊下に立った。

足音は忙《せわ》しく近づいて来て、部屋の中にすいと入って来た。又平に茶を乗せた盆を持たせて、里絵が上機嫌で入ってきたのだった。

「平七郎殿、おこうさんが華村《はなむら》のお菓子を持参して下さったんですよ。わたくし先に頂きましたけれど、ほんとうにおいしい。あなたたちも召し上がれ」

里絵は又平から盆を受け取ると、二人の前に茶と華村の菓子を置いた。

菓子は秋の木の実を模した餡《あん》入りの餅菓子だったが、その色はけばけばしくなくて上品な深みがあり、形は小振りで肌は透き通るようにつややかである。

「華村はまだお店が出来て数年ですけれど、菓子職人はみんな京から連れてきているとのこと……やはり女子《おなご》はよく気がつくのですね。おこうさん、平七郎殿が買ってきてくれるお菓子といったらね、五色のお団子、いつもそればっかり……」

里絵は朗《ほが》らかに笑った。

「母上」

何を調子のいい事を言ってるんだと、呆れ顔できゅっと睨《にら》むと、

「いえいえ、わたくしはお団子でも嬉しいのですよ、本当に……。でもたまにはこうした上等なものもね」

里絵はくすくす笑っておこうを見、そして平七郎を見て立ち上がると、

「この母のためにも、早くお嫁さんをお貰いなさいな平七郎殿」

さも意味ありげに言うと、又平を従えて部屋を出て行った。

——まったく無責任なことを……なんとかいう旗本の娘を嫁にしろと迫ったばかりなのに……そうだ、そういえば、月心寺で茶を点《た》ててくれたあの娘は……。

ふっと榊原奉行と密会したあの日の娘の姿が頭をよぎった。もうあれから随分になる。

「平七郎様」

おこうが頬を赤くして平七郎の顔を覗いていた。燭台の灯の加減かもしれないが、

少なからず里絵の言葉は、おこうの胸に波風を立てたのは間違いない。

おこうは何か言いたそうだったが、困惑している平七郎の胸のうちを察したらしく、苦笑してやり過ごし、すぐに顔をひきしめると、

「先ほどのお話ですが、あれ以来、長次郎さんのことが心配で、それで今日の昼過ぎに親方の駒蔵さんの仕事場を覗いてみたんです。そしたら、おきくさんておっしゃる親方の娘さんが出てきましてね、長次郎さんは仕事には出てきてるんだけど、すっかり昔の元気をなくしてしまったって……」

「ふむ、それで……」

平七郎も気になっていたことだ。ついおこうの話に釣り込まれていった。

「おきくさんに仕事場に案内して頂いたんですけど……」

仕事場は家の裏庭にあった。

裏庭といっても屋根が母屋から張り出していて、七、八坪の雨をしのぐ広い空間をつくっていた。扉のない小屋のようになっている。

そこで五人の男たちが思い思いの場所に座をしめて、灯籠やら仏像やらを彫っていた。

長次郎も片隅に陣取っていたが、彫りかけた仏像の前で魂の抜けたような横顔をみ

せて座っていた。

「あそこに……ずっとああなんです」

おきくが、心配げな顔で長次郎の姿を見詰めた。おきくの顔はどこか寂しげであった。

「おこうさんとおっしゃいましたね。教えて下さい。私にはどうしていいのかわかりません。声をかけても上の空で、長さん、私が心配してることなんて……」

声を詰まらせた。

「心配いりませんよ。そのうち元気になりますから」

おこうはそう言うと、長次郎を外に呼び出したのだった。

ぶらぶらと先にたって歩き、京橋川の見える川岸に立った。

右手の遠くに比丘尼橋が見えるが、その手前の対岸には、長次郎が彫った地蔵菩薩が立っている筈である。

「長次郎さんらしくもない、昔の元気な長さんはどこにいったんですか」

おこうは、京橋川を眺めながらそう切り出した。

長次郎は黙っていた。黙って地蔵のある方を眺めている。

「忘れられないんですね、おふささんを……」

おこうは長次郎の顔をちらと見て言った。

「おこうさん」

長次郎はふいにおこうに顔を向けると、

「その通りなんだ。手鎖を受けていた時あっしは思ったんだ。おふささんだけがあっしの救いだって……いまさら忘れろ諦めろと言われても、あっしには出来ねえ」

「長次郎さん……」

おこうは、思いがけなく熱い恋情を聞いてたじたじとなった。

「お願えがあるんだ、おこうさん。あっしに代わって、おふささんの事情を調べてみちゃあくれませんか」

袖をつかまんばかりの必死の表情をしている。

おこうは圧倒されそうな思いで咄嗟《とっさ》に嫌とは言えなかった。

「そりゃあ、私は読売屋ですから、調べられないことはありませんが、でも、こんなこと言ってはなんですけど、あまりに未練じゃありませんか」

「……」

「それにね。調べて後悔することだってあるんですから……」

「……」

「長次郎さん、長次郎さんを好いている女の人は、おふささんだけじゃないでしょう」

「……」

ちらと苦しげな表情を長次郎はした。

「すぐ目の前に、長次郎さんを心配している人もいるんですよ」

おこうは、おきくのことを知らせたつもりだった。おきくは美人というのではないが、丸い顔に鼻の先がつんと可愛く反り上がっている無垢《むく》な感じの娘である。

おこうはおきくには初めて会ったが、初対面のおこうにさえわかるほど、おきくが長次郎を見る目は熱かったのである。

長次郎がそれを知らぬ筈はなかったが、いま長次郎の胸を占めているのはおふさだけのようだった。

「長次郎さん。人の嫌がる過去をほじくりかえして知るよりも、それはそれでそっと胸の中に秘めておいて、別の幸せを考えることはできないのでしょうかね」

おこうは言ってるうちに胸が苦しくなっていた。長次郎のためとは思うものの、人を好いて恋するということは理屈ではない。

「おこうさん。おっしゃることはわかっています。あっしもいろいろ考えました。考えましたが、これはあっしの気持ちを満足させるためだけにお願えしてるんじゃござんせん。気になるんです。何か辛《つら》いことがあるんじゃねえかと……困っている事があるんじゃねえかと……あのひとには、人に言えないほどの深い事情があるように思うんです」

「……」

「もしそうなら、手助けしてやることはできねえものかと、あっしはそう考えているんです。おふささんが幸せなら、あっしはそれでいいんです。理由さえはっきりすれば、あっしはきっぱりと諦めやす。約束します」

長次郎は、はっきりとそう言ったのだ。

「そういう事情なんですよ、平七郎様」

おこうは話し終えると、小さく溜め息をついて言った。

「だから私、断りきれなくなってしまって」

「そうか、そこまで言うのなら、長次郎も腹をくくっての事に違いない。いや、俺も妙におふさの態度は気になってはいたのだ。なんとなく俺と秀太を避けているような、そんな気がしていたからな」

「まさか犯罪にかかわっているなんてことはないでしょうが、事情がわかれば、長次郎さんも自身に決着つけられると思いますから」

「しかし、おふさの住んでいた長屋もわかっていないし、そこからまた、どこに引っ越したかだが」

「そのことですが、辰吉が調べたところでは、このあいだまで住んでいたのは丸太新《まるたしん》町《まち》の裏店だったようです」

「手筈のいいことだな」

平七郎は笑みを漏らした。

「新しい引っ越し先は、丸太新町の大家さんにお聞きしたら、亀井《かめい》町だと教えてくれたそうなんですが、実際そこに住んでいるかどうか、今確かめているところです」

「うむ」

「お知らせに参りましたのは、平七郎様にお力を頂きたいことがあるやも知れない、そう思ったものですから」

「わかっている。これも何かの縁だ。俺も手伝うぞ」

「ありがとうございます。これで、ほっと致しました」

おこうは笑みをつくると、冷えた茶を取り上げた。

おふさが勤めているという馬喰町《ばくろ》の『山吹《やまぶき》』という居酒屋は、小体《こてい》な店だがまだ新しく、結構繁盛しているようだった。

平七郎とおこうが店の前に立った時には、西日が茜《あかね》色に染まっていたが、客はほのかに朱に染まった路を踏んで、次々と暖簾《のれん》の中に入って行った。

おふさの住まいは神田堀を渡った亀井町の裏店だった。ここに来る前に二人はそちらに立ち寄っている。

だが、おふさは山吹という居酒屋に勤めていてここには夜遅くにならないと帰ってこないという長屋の住人の話を聞いて、二人はここにやってきたのである。

「入ろう」

平七郎はそう言うと、暖簾をくぐった。

「おふささんですか。お使いに出てもらってますが、こちらでお待ち下さいな」

おあきという女将《おかみ》は、愛想をふりまいてそう言ってくれたが、

「でもおかしいわね。とっくに帰ってきてもいい頃なのに」

小首を傾げた。

「どこまで行ったのだ」

「八百屋さんですよ。小伝馬町《こでんま》の『青柳屋《あおやぎや》』さん。大根と葱《ねぎ》が足りなくて……」

おあきは心配そうな顔をした。

「何か心配ごとでもあるのか」

「いえね。昨日だったか、目つきの悪い岡っ引が、おふささんを訪ねて来たんですよ」

「何……」

「そうそう、うつぼの三次《さんじ》とか言ってましたかね」

「間違いないのか……本当にうつぼの三次と言ったのか」

平七郎の顔が険《けわ》しくなった。

「ええ、十手をひけらかして」

女将は怪訝《けげん》な顔をしている。

「平七郎様、うつぼの三次には何かあるんですか」

「素行が悪くて十手を取り上げられた男だ」

「まあ……」

「それで、うつぼはどうしたのだ、昨日のことだ」

平七郎は、せっつくようにおあきに聞いた。

「何か知りませんが、おふささんの耳元にささやいて帰りました。でもその後で、おふささん、真っ青な顔をして……」

「わかった」

平七郎は、店の外に飛び出していた。

家路を急ぐ人たちをかき分けるようにして、亀井町東河岸を横切って、神田堀に架かる土橋を渡ったところで、南側の河岸にある竹森《たけもり》稲荷の境内《けいだい》で異様な音を聞いたような気がした。それは緊迫し、乱れた足音だった。

平七郎は用心深く稲荷の中に足を踏み入れた。

この辺りは、御府内有数の竹の産地で籠屋が多く、竹森稲荷も字のごとく竹が茂っている。

稲荷は林立する竹藪の中にあるが、木立とは違って透かして境内の中を見ることが出来た。

――いた……。

案の定だった。

稲荷の社に追い詰められて蒼白になっているおふさの姿と、十手で肩をとんとん打ちながら、おふさに近づいて行く岡っ引の後ろ姿が見えた。

背中を瘤《こぶ》のように曲げる癖《くせ》があるのは、まぎれもなくうつぼの三次だった。

三次は昔、北町のさる同心の手下として十手を預かっていた。

だが、それをひけらかして商人から金を脅し取るなどは序の口で、人の知られたくない裏を調べ、それをネタにして恐喝を繰り返し、ついに悪事がばれて十手を取り上げられた男であった。

「やめて下さい。お、お金をいくら出せば気がすむんですか」

おふさが叫ぶように言うと、平七郎には聞こえなかったが、三次は何か言ったようだ。すると、

「そ、そんなお金、ありません」

おふさが応えている。

「ありません？……そんな世迷《よま》い言を信じると思ってんのか」

三次が十手を突き出した。

「待て」

平七郎は後ろから駆け寄ると、三次の手首をねじ上げて十手を取り上げた。

「いてて、何するんだよ」

うつぼの異名の通りのくぼんだ眼で三次は振り返ったが、

「だ、旦那は、黒鷹の……」

平七郎だと知って仰天した。

「久し振りだな三次。俺も今は橋廻りだが捨ておけぬ奴、この十手、どこで手に入れたのか知らぬが、お前のような人間に持たせる代物《しろもの》ではない」

ぴしりとその肩を打った。

「くそっ」

睨《にら》んだ三次に、

「俺には逆らわぬほうがいい。お前はよく知ってるのじゃなかったのか……」

もう一回手首を強くねじ上げると、三次は喉に物をつまらせたような声を上げた。

「一緒に来てもらうぞ」

平七郎は、細紐で両手首を縛り上げると、顔を歪《ゆが》めている三次を鋭い目で睨んで言った。

四

「へっへっ、旦那、後で後悔しても知りませんぜ」

三次は、押し込まれた体を起こして振り返ると、平七郎をすくい上げるような目で睨んできた。

「俺に脅しはきかぬよ三次。それより、二度と恐喝まがいの事はやめると約束するんだな。それが嫌なら、この亀井町の番屋から、まっすぐ小伝馬町に行ってもらうがそれでもいいのか」

「へえー。旦那は橋廻りじゃなかったんですかい」

「そうだが」

「橋を叩いて廻るのが仕事だろうに、こんなことしていいんですかね」

「いいんだ……それよりお前は、誰の許しを得て、こんな物を持ち歩いている」

平七郎は取り上げていた十手を三次の顔の前でかざして見せた。

「ふん。旦那に言う義理はねえ」

鼻を鳴らしてそっぽを向いた。

「三次！」

平七郎は三次の胸をつかんで睨《ね》めつけた。

「放しやがれ！　旦那、人殺しの女をかばって、あっしにこんな仕打ちをしていいんですかね！」

三次は、隣の部屋にいる書役や町《ちょう》役人に聞こえるように大声を出した。

番屋は大番屋のように牢もなければ取り調べの白洲もない。便宜上部屋の奥に二、三畳の板の間をつくり、その板の間の壁に設置してある鉄のわっかに、いっとき預かる罪人をしばりあげて、くくりつけておく。

だが本来は町役人の詰所である。大きな声で怒鳴れば町役人に筒抜けだった。

三次はそれを知っていて、わざと大声を出したのだった。

「三次、お前……今なんと言った」

胸倉をつかんだまま、平七郎は驚いて聞いた。

「放してくれたら話しやすよ、旦那」

三次はにやにや笑っている。

「よし……」

平七郎は手を放した。どこまでも食えぬ奴だと腹立たしかったが、三次の言葉が気になった。聞かずにはいられなかった。

「おお、いてえ……旦那は怖えわ」

三次は、大袈裟に胸や腕を擦ってから座りなおすと、

「旦那、おふさは子殺し女ですぜ」

暗い目で平七郎をじっと見た。

「子殺しだと?……ガセだったら、三次、ただではすまぬぞ」

険しい顔で睨み据えた。

「旦那、あっしは確かに旦那の言うとおり、誰からも十手を預かってはおりやせん。ただ、十手を預かっていた頃に、やり残した事件の探索があったんでさ。それに決着つけねえことには気持ちが悪い。それで勝手に十手をこしらえて、おふさを追っていたんでございやすよ」

うまい言い訳をするものだといまいましく思いながら、三次の話に耳を傾けた。

「順を追って話しますと、五年前のことでございやすよ。あっしが佐治《さじ》様から十手を預かっていた頃のことです……」

三次の住まいが神田だったこともあって、神田から下谷《したや》、それに小石川《こいしかわ》あたりまでが三次の縄張りだった。

五年前、秋の昼下がりだった。

下谷の同朋《どうぼう》町にある薬種問屋『上総屋《かずさや》』の娘で五歳のおいとが、不忍池《しのばずのいけ》のほとりの蘆《あし》の茂る間から水死体で発見された。

体に死因となるような傷が無かったこともあって、水際で遊んでいて溺死《できし》したのだろうということになった。

だが、上総屋の内儀のおかつは、おいとは殺されたのだ、真相を暴いてほしいと三次に泣いて頼んだのである。

おかつの話によれば、娘を殺したのは亭主の妾《めかけ》でおふさだというのであった。

おかつの亭主で、上総屋の主征之助《まさのすけ》は婿養子だった。

そしておふさは、上総屋の女中だったのだ。

二人はおかつの目を盗んで深い間柄になり、やがて池之端《いけのはた》に借りた長屋におふさを住まわせ、征之助はそこに堂々と通うようになった。

夫婦の争いは絶え間なく続き、しかも激しくなっていった。

おかつの、やりきれない鬱憤は娘のおいとにまで向けられ、些細《ささい》なことでおいとを折檻《せっかん》するようになっていた。

征之助は、娘のおいとも妾宅のおふさの長屋に連れていくようになった。

おいとが死んだその日も、征之助はおいとを連れて家を出ている。

ところが征之助は急用を思い出して、おふさの長屋においとを置いたまま外に出た。

そして用をすませて家に戻ってみると、おいとがまだ帰っていないという。

征之助は、おいとを家の近くまで送ってくれるようにと、おふさに頼んでいたのである。

帰りの遅いのを案じた征之助はおふさの長屋に再び向かった。

そしてわかったことは、おいとおふさの間にちょっとした諍《いさか》いがあり、送っていくつもりのおふさが止める間もなく、おいとはひとりで長屋を飛び出して行ったということだった。

一方でおかつは、手の者を使ってあちらこちらを探させた。仁王門前町《におうもんぜんまち》から使いが来たのはそんな時だった。

駕籠《かご》舁きが不忍池のほとりで発見した女児の死体が、おいとではないかというのであった。

おかつと征之助が急いで行ってみると、変わり果てた娘が番屋に横たわっていたのである。

おかつは半狂乱になって三次を呼び、犯人はあの女だから、徹底的に調べ上げて縄をかけてほしいと多額の金を握らせたのだった。

「そういう訳でね、旦那」

三次はそこで話を切ると、

「おっとすまねえが、お茶をいっぱい貰えねえでしょうか」

と図々しい。

「水でいい、持ってきてくれ」

平七郎は板戸を開けて隣室にいる書役に言いつけた。

三次は不服そうに水で喉を潤《うるお》すと、

「あっしは、佐治様の許可を貰っておふさを問い詰めたんでさ……」

すると、長屋の近所の者が、おいとが泣きながらおふさの家を飛び出したこと、その後をおふさが追っていったが、まもなく引き返してきたことなどを証言したのである。

だが、おふさは、追いかけたことは認めたが、木戸を出てすぐに見失って引き返してきた、おいとを殺すなんてとんでもないと犯行を否定した。

確かにおふさの長屋がある池之端から、死体があがった場所までは少し距離がある。

おいとが見つかった場所は、弁天島に渡る橋の手前、仁王門前町の外れの蘆原の水辺だったのだ。

いくら聞き込みを行っても、その場所でおふさの姿を見た者はいなかった。

状況はクロでも、犯人と断定する証拠に欠けていた。

うつぼの三次は、狙った獲物は絶対に放さない執念深い男である。

どの手をつかって落とそうかと考えていたところ、おふさは世間の噂から逃れるように、長屋から姿を消したのである。

歯ぎしりしたが後の祭りだった。

その後三次自身も、別件で十手を取り上げられて住家も変えた。

もはや捕物とは無縁の暮らしとなってはいたが、おふさのことは喉に小骨がささったような胸糞が悪い思いをしていたのだ。

ところが、そのおふさを、数日前に偶然に見た。竹森稲荷から出て来るところだったが、その日のうちに三次はおふさが山吹に通い勤めをしていることを突きとめたのである。

――おいと殺しの負い目があれば、おふさは脅しに乗るに違えねえ。

三次は三次のやり方で、おふさを追い詰めるつもりだったと言うのである。

「旦那……」

三次は卑屈な笑いを浮かべていた。

「なんだ」

「まだあの事件は決着してねえんですぜ」

「ふむ。しかし証拠がなくては、おふさを犯人とはいえぬ。それにお前の手にかかれば、誰でも無理やり罪人にされ、脅しのネタになるようだが、違うか……」

「ちっ、根も葉もねえ話じゃありやせんぜ。その証拠におふさのやつ、一度は金を出すと言ったんだ。金額におりあいがつかなくってよ、それであいうことになったんだから」

「三次、それを脅しというんだ。おふさのことは、それはそれとして、お前が強請《ゆす》ったのは間違いない。俺がこの目で見ているんだ。罪はつぐなってもらわねばな」

「旦那……」

そりゃあないよというような顔をして、三次は初めて情けない声を出した。


「立花様、こちらでございます」

庄兵衛《しょうべえ》は立ち止まると平七郎を振り返った。

おいとがこの場所で発見された時、番屋に詰めていたのが仁王門前町の町役人で大家をやっている庄兵衛だったのだ。

平七郎は庄兵衛とはむろん定町廻りの頃からの知り合いであった。

土手の下の水際には蘆が褐色に色づいて林立し、枯色の穂が風に靡《なび》いていた。

「ふむ……」

平七郎は見渡した。

蘆の原はここから弁天島に渡る橋際に並ぶ茶店の辺りまで続いていた。

しかも長い背丈が、不忍池を見渡しにくくしているのである。土手の下に降りると大人でも蘆が体を隠してしまうに違いなかった。

この場所は死角になっているなと、平七郎はまず感じた。

うつぼの三次という男は、何でも強請りの種にする男だ。

供述したことに信憑《しんぴょう》性はないが、話の辻褄だけは合っていて、無視するわけにはいかなかった。

そこで平七郎は、昨日三次を番屋に預けたのち、馬喰町の山吹に引き返して、そこで待っていたおこうとともにおふさにずばり話を聞いてみた。

するとおふさは、けっしておいとは殺してないと言い切ったのである。

「おいとちゃんが泣いて家を飛び出したのは、旦那様が出かけて行って急に心細くなったんだと思います。私が同朋町のお店まで送って行くというのに、おいとちゃんは……」

おふさはそう言って俯《うつむ》いた。そして、ぽつりと言った。

「でも、おいとちゃんは私が殺したようなものです……」

「殺したようなもの……どういう事だ」

平七郎は、おふさの顔を覗いた。じいっとして一点を見つめているが、平七郎には顔を向けようとはしない。この話はここまでだというように口を引き結んでいる。

――おふさは俺を避けている。

平七郎は咄嗟にそう思った。

それは平七郎の独り善《よ》がりではなく、一緒にいたおこうも感じたらしく、一文字屋に戻って秀太も交えて話をしていた時、

「なぜおふささんは、おいとちゃんを追いかけなかったんでしょうか。見失ったと言って、あっさり引き返しているでしょう。心配じゃなかったのかしらね」

それが疑問だとおこうは言ったのだ。

石工師長次郎の恋慕から始まったおふさの身許調べだが、おいとという子供の溺死に目をつむることが出来なくなったと強く平七郎が思ったのは、この時だった。

おふさが子殺しをしたとは思えないが、しかしさりとて、おふさに肩入れして、曖昧に済ませていい問題ではない。

――おふさがおいと殺しの犯人ではないという証拠を探さなくては……。

むくりと平七郎の胸に起き上がった黒鷹の心が、五年も前の溺死事件を本腰入れて探ってみることになったのである。

「立花様……」

平七郎は庄兵衛に呼ばれて、ほんのいっとき巡らしていた昨日のことから目が覚めたように庄兵衛を見た。

「おいとちゃんは、丁度あの辺りだったでしょうか。俯《うつぶ》せになっておりましてね。この蘆ですから池の中に流れていくことはなかったようですが……」

庄兵衛は説明を加えた。

「庄兵衛、その時も蘆は刈り取ってなかったのだな」

「はい。丁度今頃でございましたから、刈り取るには少し早くて」

「そうか……それで、水は飲んでいたのだな」

「はい、たくさん飲んでいたようです」

「傷は……例えば喉とか口元とかに傷はなかったのか」

「なかったと思います。それで事故だという話も一方であったのだと存じますよ」

「何か気になる物が落ちていたとか、そういうこともなかったのだな」

「はい」

と一度返事をして、庄兵衛は何か思案しているようだった。

「どうかしたのか」

「これはおいとちゃんの件とは関係ないかもしれませんが、騒ぎが少しおさまった頃に、ここの蘆刈りがございました。その時に、おいとちゃんが亡くなっていたあたりに、人形の首が落ちていましてね」

「人形の首だと……」

「粗悪な物でした。どこか片田舎《いなか》の、まったくの素人《しろうと》が見よう見まねでつくったような」

「その品はどうした」

平七郎は一瞬鋭い目を送った。

「さてどうしたか……薬種問屋の一人娘おいとちゃんには関係ない品だと思いましてね、町方の皆様にはお伝えしないで……」

庄兵衛は頭をひねってちょっと考えたのち、思い出したのか手を打った。

「これでございますよ」

番屋に戻ると庄兵衛は、書類簞笥《だんす》の中から薄汚れた人形の首を出して持ってきた。

直径が一寸ほどの土の頭に首がついていて、それに竹の串が差し込んであった。人形の髪は黒い縫糸でも利用したものか、垂れ髪で左右に分けて結んである。眉も目も細く墨で線を引き、小さな赤い口が描いてあった。

「女の顔ですな、これは……」

庄兵衛は知ったような口をきいた。

「庄兵衛、俺が預かる」

平七郎は人形の首を懐に入れて番屋を出た。

五

平七郎が一色弥一郎に呼ばれたのは、翌日の七ツ頃だった。

比丘尼橋の修理が出来上がったというので、秀太と二人で見定めに行っていたそこへ、わざわざ一色の使いがやってきた。

五日に一度の上役への報告の日に、待ち受けていたように一色が用事を言いつけることはあるが、橋廻りの出先まで呼びにきたのは初めてだった。

舌打ちしたい気分だが、後を秀太に任せて平七郎は奉行所内の一色の部屋に出向いた。

「おう、来たな」

一色は焙烙《ほうろく》でなにかを炒《い》っていた。

数日前から各部屋に炭が入ったと聞いていたが、早速一色は何かを炒り始めたらしい。

「誰かいるか」

一色は平七郎を座らせると若党を呼びつけて、二人を呼んでこいと言った。

「佐藤《さとう》と金谷《かなや》だ」

一色は炒り物をじゃらんじゃらんと音を立てて金箸でまぜながら、かつて定町廻りとして平七郎が一緒に仕事をしたことのある同輩の名を言った。

——嫌な予感がするな。

と熱心に炒り物に熱中する一色の横顔を見ていると、

「しいの実だ。役宅に出入りする百姓が持ってきてくれたのだが、殻を剥くとな、真っ白い実が詰まっている。あっさりしていてうまいぞ、どうだ」

屈託のない顔で焙烙の中を箸で差し示す。

「いえ、結構です。それよりなんの用でしょうか」

「まあまあ、今くる。おっ、来たぞ」

一色は足早にこちらに来る廊下の足音に聞き耳を立てた。

二人は部屋の前で一礼すると、中に入ってきて平七郎と向かい合うように座った。

「さて……」

一色は焙烙を火鉢から下ろすと、

「平七郎、おぬしはおふさという女を知っているな」

先程とはうって変わった険しい顔を向けた。

「おふさが何か……」

「どういう関わりなのだ？……三次を小伝馬町に送ったらしいな」

訝《いぶか》しい目で見詰めてきた。

「どうと言われましても……」

平七郎は今までの経緯を掻い摘んで話した。

佐藤と金谷が側にいるところで個人的な関わりも含めて話すのは気乗りがしなかったが、隠す訳にもいかなかった。

「そうか、子殺しの一件でな……」

一色は言い、さしてそのことには興味も示さなかったが、平七郎は三次の言うことには信憑性がない、証拠がないのだとつけ加えた。

　すると一色は、

「そのことはいいのだ。五年も前の話だからな。今更ほじくり返すほど奉行所も暇《ひま》ではない。それよりも、緊急に別件でおふさの周辺を調べなくてはならない事が起こった」

　そこまで言って、これから先はお前たちが話せと、佐藤と金谷に顎をしゃくった。

　佐藤が頷いて、平七郎に顔を向けると、

「立花さん。もう聞いていると思うが、十日ほど前に日本橋の両替商『和泉屋《いずみや》』に賊が入り、店の金箱が奪われた……」

「聞いている。といっても、和泉屋が被害に遭ったということぐらいだ。詳しいことは知らぬ」

「わかりました。少し詳しく話しますと、賊は三人だったようです。そして三人とも覆面をした浪人でした」

「ほう……」

「奴等は蔵まで開けて金を奪うつもりだったらしいのですが、番頭が外に逃げ出して大声を上げた。それで、その番頭は後ろから斬られて死んだが、そのことで奴等は大して金の入っていない店の金箱だけ奪って退散して行ったということだ」

佐藤は、平七郎の顔を睨むような目をして言った。昔から佐藤は気持ちが高じると睨むような目つきをする。

金谷が後を継いだ。

「三人組は顔を隠していたからな、まさか身元が割れるなどと考えてもいなかっただろうが、和泉屋が一人の浪人の声を覚えていたのだ」

金谷は平七郎の顔をとらえると、和泉屋がなぜ覚えていたのかを説明した。

それによると、四、五日前に用心棒に雇ってくれないかと浪人がやってきたが、その時の浪人だったというのである。

しゃべると声が割れたように聞こえる浪人で、他の者は真似《まね》のしようがない声音《こわね》だと言った。

「その浪人の名は、戸田玄十郎《とだげんじゅうろう》という」

「戸田玄十郎……」

「御家人くずれだと、和泉屋には言っていたそうだ。手の甲に火傷《やけど》の痕《あと》があるそうだ」

「うむ」

それで何を俺に言いたいのかと怪訝な顔で金谷を見返すと、一色が話をとった。

「立花、その戸田なる浪人とおふさが近しい間柄ではないかと二人は疑っていてな」

「それは……何か確たるものでもあるのですか」

「ある。数日前に、両国の水茶屋で戸田が女と話しているのを、和泉屋の女中が実見しておる」

「その女がおふさだというのですか」

「そうだ。水茶屋の女が、戸田と女の会話を聞いていたのだ。昨日今日会ったふうではなく、親しそうに話していたそうだ」

「……」

「この二人は、おふさを張ることで、三人組の居所をつかもうと考えたのだが、おぬしがおふさのことで何か調べていると知ってな。それならおぬしに協力して貰えばいいではないかと、まあ、そういうことだ。お前にはだいぶおふさも気を許しているようだからな」

「一色様、すると私がおふさを騙《だま》すか説得するかして、戸田という男の住家を白状させろと、つまりはそういう事ですか」

「そうだ」

一色は、きっぱりと肯定して、

「あまり気乗りがしないようだな、立花」

口辺に苦い笑いを浮かべている。

「断りますと申したら？」

「急を要する。駄目なら引っぱって来て調べるまでだ。過去に子殺しの嫌疑もかけられた女だ。ちょっとやそっとでは口は割るまい」

「……」

「この二人は、お前がおふさと親しそうだと知って、手荒なことをするよりは、お前に協力を頼めないものかと、わしのところに相談に来たという訳だ」

「……」

「一味の捕縛は一刻の猶予もならぬのだ。犠牲者が増える。お前も橋廻りとはいえ奉行所の一員だ。そこのところはわかるな……」

「私は私のやりかたで聞いてみましょう。おふさがそれで話してくれるかどうかはわかりませんが、それでよろしければ……」

平七郎は憮然として言った。

一色は満足そうに頷いて、これでいいなと佐藤と金谷を退出させると、

「頼まれれば嫌ともいえぬ。わかってくれるな平七郎」

急にすまなさそうな顔をして謝った。

「一色様、私も橋廻りとはいえ多忙で……」

「わかっておるって……おい、食うか？」

一色はしいの実をつかむと、差し出した。

「いりません。それじゃあ」

立ち上がった。

すると一色も立ち上がって歩み寄ってきた。

「おい待てよ。あのな、俺はしいの実には特別な思いがあるんだ」

「それが何か……」

「まあ聞けって……。子供のころな、友達四人と上野の山までしいの実を取りに行ったことがあるんだ」

「はあ……」

この忙しいのに何を話すのかと立ったままで一色の顔を見ると、一色はこれまでに見たこともないような懐かしげな顔をして、話を続けた。

「五人のうち、俺だけが木にのぼれなくってな。友達四人は木の上に上って、もうすぐ落ちるぞーというような、色づいてぴかぴかしている実をとるんだ。ところが俺は、枯れ葉の中に落ちているしいの実を拾うんだが、これが汚れていたり虫食いだったりしてな。悔しい思いをしたものさ」

一人で懐かしさに浸っている。

平七郎が返事のしようがなくて苦笑していると、

「なあに、その時の悔しさをバネにして、俺は吟味方与力になった。まあそういうことかな」

一色は悦に入っている。

自分が五人の中では一番出世をしたと言いたいのだろうが、その出世は、平七郎を犠牲にして成り立ったものだった。

「誰かに話したくってなこの話……しいの実を見ていたら急にな……」

屈託のない笑みを漏らす。

一色は、一見単純な男のようにも見える。だが策士である。

取り合うのも馬鹿馬鹿しいと、再び部屋を立ち去ろうとすると、

「平七郎、頼んだぞ。お前のことは、きっと悪いようにしないからな」

一色は、取ってつけたような言葉を送ってきた。

「丁度良かった。平七郎様、こちらは、おふささんが上総屋に勤めていた頃と同じ頃に、お店にいた人です」

平七郎が一文字屋に顔を出すと、おこうは常日頃陣頭指揮をとっている板の間の三畳間で、見知らぬ女と話していた。

「このお方はね、弱い者の味方なんですよ。このたびもおふささんのこと調べて下さって、ずいぶんと心配して下さっているんですから」

おこうは平七郎をそんな風に紹介した。すると女も、

「あたし、石《いし》といいます。私の留守におこうさんが長屋に訪ねてきてくださって、それを亭主から聞いたものですから、急いで追っかけて来たんです。私からもお願いします。おふささんの無実、晴らせるものなら晴らしてやって下さいませ」

お石は、両手をついて頭を下げた。

洗い晒《ざら》しの粗末ななりはしているが、大店で奉公していただけあって行儀がよかった。

そのお石の話によれば、主の征之助がおふさに愛情を注ぐようになったのは、もとはといえば、内儀のおかつのせいだというのであった。

「旦那様をないがしろにして役者買いを派手にしておりましたし、旦那様を使用人の

ように鼻であしらって、わたしたち奉公人も眉を顰《ひそ》めておりました。おふささんは、そんな旦那様に同情したんですよ。だって、おふささんの故郷は信州のずいぶん田舎のようですが、そこにはおふささんを好いてくれている人もいるなんて、冗談半分に言ってましたからね。いいえ、そんな田舎の話がなくったって、あの人は器量よしですから、何もお妾さんにならなくても、お嫁の貰い手はいくらでもいるんですから……」

私から言わせれば、被害者はおふささんですとお石は怒りを露《あらわ》にした。

しかも、おかつは一人娘おいとに自分の鬱憤を向けるようになった。おいとも父親と一緒に、おふさの家に行くようになると、征之助はますますおふさにのめり込み、お前と一緒にやりなおす、しばらく辛抱してくれなどと覚悟のほどをおふさに語っていたらしいと、お石は言うのである。

「お石さん、おいとちゃんとおふささんとの仲はどうだったのでしょうね」

おこうが聞くともなしに聞いた。

おいとは泣いて長屋を飛び出している。だがおふさは、おいとを追っかけるのを止めて長屋に戻ってきたと聞いている。

おこうはやはり、そこのところが気になっているようだった。

「良かったと思いますよ。もっとも、おいとちゃんは上総屋のお嬢さんですから、女中だったおふささんには遠慮もあったでしょうしね」

「遠慮ですか……」

おこうが少し考えるような顔をしてみせた。するとお石はすぐに、「おふささんがおいとちゃんを殺したなんて、あの人の性格からして、そんなこと考えられません。信じて下さい」

強く否定した。

「貧乏くじを引いたのはおふささんなんだから……」

「そうよね。上総屋は何もなかったように商いしてるんですものね。なんだかんだ言っても、男は家に戻って行くんですものね」

「ええ、損をするのは女のほうですから」

二人は呼応しあって、ちらと平七郎を睨むようにして見た。

「おいおい。俺にそんなこと言ってもらってもな。征之助だって当時はおふさを庇ったんではないのか。征之助にだって責任があるだろう」

「いいえ」

お石は、きっと平七郎を見て、

「おふささんが池之端にいた頃は、おふささんを庇っていたようですが、おふささんがどこへともなく去って行くと、途端におかみさんにすりよっちゃって、夫婦の仲はもとに戻るし、お得意先にだって、私も女を見る目がなかったなんて、まるでおふささんがおいとちゃんを殺したような言い方をして、許せないですよ」

「そんな事を言ったのか。上総屋の亭主は」

平七郎は憤りを覚えていた。

「平さん。おふささんにとっちゃあ、面白くねえ話を聞いてきましたよ」

辰吉と秀太が揃って一文字屋に入ってきたのは、お石が帰ってまもなくのことだった。

辰吉は、懐から布の包みを出し、その包みにくるんでいた人形の首を出した。

仁王門前町の大家庄兵衛が不忍池のほとりの蘆の中から見つけた人形の首だった。

平七郎は辰吉に、その人形について調べて欲しいと頼んでおいたのである。

「何かわかったらしいな」

「へい。ちょいと、こっちも見て下さい」

辰吉は、懐から別の包みを出して置いた。

その包みの中には、蘆の中にあった人形の首とよく似た人形が出てきた。ただしこちらは、色紙の衣装をつけている。

「これは……どこで手に入れた？」

平七郎は手にとって眺め、側に座っているおこうの手に渡した。

「おひなさまですね、これ」

おこうが言った。

「おひなさま？」

怪訝な顔で人形を手に取った平七郎に、

「平さん、これは、信州の山奥のある村で、母親が娘につくってやっているひな人形らしいです」

辰吉が平七郎の顔を窺うようにして言った。

「……」

平七郎は、手にある人形をじっと見詰めた。辰吉は話を続けた。

「そこいらの店に売っているものではござんせん。御覧の通りの粗末な紙の衣装ですからね」

「わかった……辰吉、頭《かしら》はその土地の誰かがつくっているんだけど、母親がそれを買ってきて、思い思いの衣装を着せてやる。そういうお人形ですね、これは……」

「へい。おっしゃる通りで」

「母親は娘の人形をつくるために綺麗な紙を集めておいて、それで娘だけのおひなさまをつくってあげる」

「へい。それに目鼻も描くんだそうです」

「この世に二つとない、母と娘とを繋ぐお雛様ですね」

「へい。じつを言いますと、人形屋をいくら調べてもわからなくて、橋廻りをしていた秀太の旦那に話したところ、それとよく似た人形を深川のおふくろさんが持っているとおっしゃって、ですからこちらの人形は、お借りしてきたという訳です」

辰吉は秀太と顔を見合わせると、苦笑して頭を掻いた。秀太がその後をとって言った。

「おふくろも知り合いから貰ったというのですが、三月の節句には他の人形と一緒にかざっていたものですから」

「まさか平七郎様、おふささんの物ではないでしょうね」

おこうは口に出してはいけない事を言ったような顔をした。

おいとが死んでいた場所に、おふさの人形が落ちていたとなれば、おいと殺しはおふさだと、いっそうの疑いがかかる。

三人はおこうの言葉に、いっときおしだまってしまった。

「そうと決まった訳ではない」

平七郎が言った。

「平さんのおっしゃる通りですよ。私も少し調べたことがあるのですが、上総屋の内儀のおかつは、あの当時、つまり娘が亡くなった当時ですが、中村屋に端役で出ていた豊之丞《とよのじょう》とかいう役者と、切れるの切れないのという話で、豊之丞の方は殺してやりたいのなんのと言っていたらしいですからね」

「その役者はまだいるのか」

「いると思いますが、調べてみましょうか」

秀太は、意気込んだ目を平七郎に向けてきた。

六

「あっ……」

声にならない声をあげ、おふさは膝の前に置かれた人形の首に見入った。

そして、

「このために……」

おふさは呟いた。

激しく動揺しているのが見てとれた。

そんなおふさを、平七郎とおこうは、息を殺すようにして見ている。

六畳間の畳の部屋には、さきほどから張り詰めた空気が漂っていたが、その息苦しい空気は、平七郎とおこうをここに案内してくれた山吹のおあきが座っている三畳の板の間をも覆い尽くしたようだった。

見渡したところ、おふさの部屋はこれといった調度品もなく、質素な暮らしを物語っていた。

部屋と呼べるのはこの二つで、平七郎たちが座っている部屋の奥に小さな庭があった。

物干し用の竹竿を渡してあるから、そこに洗濯物を干しているようだった。

時刻は五つ（午後八時頃）を回ったところで、おあきは店を板前ともう一人の小女に任せて、おふさが気になるからと同席している。

ところがおふさは、平七郎がもう一度事件の日のおいとのことを聞こうとしても、この前と同じ言葉を繰り返すばかりでその先には一歩も進まないのであった。

そこでまさかとは思ったが、不忍池の刈り取った蘆の中から出てきたあの人形の首を、おふさに見せたのである。

おふさは、おそるおそる人形の首を取り上げた。

両目を見開いて掌に置いた人形をじっと見つめる。

おふさには今どう声をかけようが聞く耳を持たぬような、そんな張り詰めたものが窺えた。

その緊迫の中に、こおろぎの声だけが変わりなく鳴き続けている。

一匹の声がいつのまにか二匹の声になり、その二匹の声に呼応して、板塀の外でもう一匹鳴き出している。

――物悲しいものだな……。

平七郎がそう思った時、

「うっ……」

おふさが口を押さえて嗚咽《おえつ》を漏らした。

「おふさ……」

「立花様、お話しします。あの日なぜ、おいとちゃんが泣きながら私の家を出て行ったのか……恥ずかしくて、私の大人気ない心をお話しするのが情けなくて、それでお話しできなかったのですが……」

おふさは袂で涙をそっとぬぐうと、五年前の秋の日の、おいとがいなくなった日の事を静かに語り始めたのであった。

その日もおいとは楽しそうにおふさが買い与えた帳面に絵を描いて遊んでいた。

おいとは母親の暴力から逃れるようにおふさの家に来ていたこともあって、こっちの方がいい、おふさのところがいいなどと食事をしながら言ってくれたりして、おふさを喜ばせていた。

おふさも少しずつおいとの事を、奉公先のお嬢さんというよりも、愛しい人の娘で私の娘だ、あのおかみさんの娘じゃないんだと思うようになっていた。

おいととなら、一気に義理の垣根を越えられるのではないかと、この先に来る筈の三人の暮らしを考えたりしていたのである。

それほどおいととの仲は、急激に親しさを増していったのである。

だからおふさは、おいとを置いて出かけるが、ひとしきり遊ばせたあとは家まで送っていってやってほしいという征之助の言葉を、喜んで受けたのであった。

だが、おいとは父親が出かけると、心細くなったらしかった。

絵を描くのもやめて、板の間でおふさが仕立物をしている手元を眺めていたが、それにも飽きたのか六畳の畳の部屋に行った。

おふさはしばらく気にもかけなかったのだが、引き出しを引っ張り出す音に気づいて、体をねじって奥の部屋を見た。

同時においとが、引き出しの中から、母の形見の雛人形をつかみ出しているのが目に入った。

「あっ、駄目ですよ、それは……」

おふさが苦笑して注意をすると、

「汚いお人形……捨ててしまえばいいのに」

おいとは裏庭に持って行こうとした。

「おいとちゃん。駄目よ」

おふさは思わず大声を上げると、立ち上がって奥の部屋に走って行った。

血相を変えていたのだろう、振り返ったおいとが、怯《おび》えたような顔をして言った。

「どうしてそんな顔するの……おっかさんと一緒じゃない」

「返して頂戴、それ」

手を差し出すと、

「嫌！……嫌ー！」

おいとは突然、獣のように叫んで後退りした。両手に力を入れて叫んだためか、その時すっぽりと首の下についている紙の胴体が下に落ちたのである。

「あっ」

おふさは、人形の胴体を拾い上げて、おいとを睨んだ。

亡くなった母を、踏みつけにされたような気分になっていた。

するとおいとが、

「何よ、その目は……おふさは女中でしょ。女中のくせして何よ！」

噛《か》みつくように言ったのである。

「おいとちゃん！」

おふさは思わずおいとの頬を張っていた。

「嫌い、だいっきらい。おとっつあんに言いつけてやる」

おいとは泣きながら飛び出したのである。

「立花様、おこうさん」

おふさはそこまで話すと、小さく溜め息をついて、呟くように言った。

「私、あの時、おいとちゃんを憎いと一瞬思ったのです。おいとちゃんとおかみさんが重なって見えたのです。だからすぐに追いかけなかった……知るものかと……でも、木戸から泣き声が消えた時にはっとして飛び出しました。でも遅かったんです。いいえ、まだその時も憎いという気持ちがあったのだと思います。追いかけるのを止めました。一人で帰れる筈だって……」

「そうか、それで追っかけるのを止めたのか」

「ええ。後悔したのは、おいとちゃんが亡くなったと知った時でした……おいとちゃんが私のところに来るようになったのは、おかみさんにぶたれるのが嫌だった筈なのに、それなのに私までぶってしまった。おいとちゃんは行き場所がなくなって、それであんな場所に……おいとちゃんは自分で死のうとしたんです、きっと……私さえ叱らなければ、あんな事にはならなかったと思っています」

「おふささん、だから、自分が殺したようなものだなんて言ったんですね」

おこうが言った。

おこうは正直、おふさが殺人をしていなかっただけでほっとしている。

だがおふさの表情は晴れなかった。

「結局私、おかみさんより優しい女だと言ってほしくて、旦那様の前でも、おいとちゃんの前でもいい人を演じていたのかもしれません。馬鹿で情けない女なんです。醜《みにく》い心の女なんです」

おふさはそう言うと、また声を詰まらせた。

その時である。それまで黙って静かに控えていたおあきが部屋に入ってきた。

「なんて馬鹿な女だろうね、お前は……」

「女将さん……」

涙の目で見上げたおふさに、

「そうじゃないか。お前は、そんなことで逃げ回っていたのかい。なんだろ?……その子はしょっちゅう痣《あざ》が出来るほど母親に折檻されてたっていうじゃないか。その実のおっかさんに比べて、たった一回頬を叩いたあんたがさ、なんでそんなに苦しまなきゃならないんだい」

「……」

「馬鹿言っちゃいけないよ。そんな事で五年も苦しみ続けるなんて、世の中には、それぐらいのことやってる人間は五万といるよ。いいや、誰の胸にも、手を当てて考えればあるさ。そんなことのひとつやふたつ。あたしなんて数えきれないよ。それをお前は、大馬鹿だよ」

おあきは立ったまま、拳を震わせていた。

平七郎もおこうも、圧倒されたように二人を見ている。

おあきは、おふさを叩きかねない剣幕だった。だがおあきは、大きく呼吸を整えると、おふさの側に座って妹にでも諭すような口調で言った。

「もうこれでおしまい。いいね、おふさ。もうなにもかもしゃべって楽になったんだからさ。やりなおしなよ」

「女将さん……」

「立花様にはこれでわかって頂いたんだ。うちのまわりをうろちょろしている岡っ引にも言ってやんなよ。いいや、あたしが言ってやろうか。もう見張るのは止めておくれって……おふさちゃんは子殺しにはなんの関係もないんだって」

「女将」

平七郎が突然険しい顔をした。

「見張られているとは、どういうことだ」

「おや、旦那はご存じなかったんですか。おふさちゃんは四六時中見張られているんですよ。しらばっくれるのよしとくれよ」

平七郎は表に飛び出した。

「平七郎様」

後ろからおこうの声が飛んできたが、平七郎は返事も返さずに路地に出て、闇の中に目を凝らした。

長屋のごみ溜めのむこうで、人の影が動いた。

平七郎は、つかつかとそのごみ溜めに近づくと、しゃがみこんでいた男を引きずり出した。

「だ、旦那、勘弁して下さいよ」

「ここで何をしているのだ」

胸倉をつかんで引き上げると、男は怯《おび》えた顔をして言った。

「金谷の旦那に頼まれたんですよ」

男は、十手を出して見せた。

おあきの言う通り、岡っ引だった。

金谷は一色を通じて平七郎に頼んだものの、それでも安心できずに自分の手下を見張りに立てていたらしい。

「金谷さんに言っておけ。俺に任せたのなら静かに待ってろ。それが嫌なら俺は下り

ると な」

平七郎は岡っ引を闇の中に突き放した。

岡っ引は転げるようにして、木戸に向かった。その闇を見据える平七郎の耳に、こおろぎの鳴き声がまた聞こえてきた。

――まだ終わってはいない……。

平七郎は索漠として、その哀しげな声をとらえながら、おふさの家を振り返った。

――明日にも戸田某について聞いてみるか。俺が聞かなければ、おふさはまた、辛い取り調べをうけることになる。

平七郎は、茶に染めあげている腰高障子の弱々しい灯の色を見て心を決めた。


「平さん、飛んで火に入るなんとかっていうのは、この男のことですよ」

秀太はへべれけに酔っ払って、番屋の土間に尻餅をつき、ゆらゆらと揺れている浪人を指した。

平七郎と秀太は、予定の橋の見回りを終えた夕刻、両国橋で落ち合おうと約束していた。

互いに橋廻りの結果を報告したあと、平七郎は山吹に向かうつもりだった。

子殺しの嫌疑は平七郎の胸の中では晴れたといえる。だが、おいとの溺死の真相がわからない限り、すっきりと疑いが晴れたというわけにはいかなかった。

ただ、それより、浪人三人組の押し込み強盗について、おふさに早急に聞かなければならないと考えていたのである。

ところが、両国橋には秀太は見えず、橋の袂の路地売りの飴屋が、

「旦那がここにお見えになったら、すぐに米沢町の番屋に来て下さいと、平塚の旦那が申しておりましたので」

と言う。

それですぐにこの米沢町の番屋にやってきたのだが、平七郎の目にいきなり飛び込んできたのは、薄汚い酔っ払った浪人の姿だった。

「どうしたのだ、この男」

「平さん、どうやら、平さんが言っていた押し込み三人組の一人らしいのです」

「何……」

「こいつ、よりにもよって両国橋で酔っ払って、だれかれ構わず女に抱きついて、酌をしろとか、口を吸わせろとか……丁度私が橋の上に立った時に、百貫もあろうかという大女に抱きついて、でも女が悲鳴を上げて逃げようとするものだから、今度はそ

の足にしがみついて口説いていたんですよ。それで捕まえてここに連れてきたんですが」

「馬鹿にするな。俺を誰だと思っている。俺はな、泣く子も黙る盗賊さまだ！」

折りよく、浪人が叫んだ。

「これなんです。刀は取り上げましたがね」

秀太があきれ顔で男を見下ろし、

「もしや本当にあの一味かもしれないと思いまして、これから聞いてみようかと思っていたところです」

と言うではないか。

平七郎は、俺にまかせろと手を上げると、浪人の前にしゃがみこんだ。

「おぬしの名は……名を名乗れ」

厳しい顔で聞く。

男はふわっと顔を上げると、にやにや笑ってみせたのち、

「捕まっちゃあおしめえだな」

自分で納得して頷き、

「どうせおいらは邪魔者だったんだ。分け前も少ないしよ……この間の押し込みの金

だって、おいらが貰ったのはたったの三両だ。確かに三十両ほどしか盗めなかったが、それにしても少ねえ……少ねえよ、ちくしょう」

仲間の仕打ちが面白くないらしく、愚痴を言ったのち、

「よおし、旦那、ようっく聞いてくれ。俺の名は豊富英太郎《とよとみひでたろう》てんだ」

「ふざけるんじゃやない！」

平七郎が一喝した。

「本当だって、あの豊臣じゃねえんですって、とみは富士山の富、ひでは英知の英、太郎は太郎ですがね」

豊富英太郎と名乗った男は、舌のまわらない口で、やけくそ半分で白状した。

「……」

「睨まないで下さいまし。ええい、本当のことしゃべりますよ。あっしはもとは中間《ちゅうげん》でした。でもね、盗賊になるについちゃあ浪人の方が見栄えがいい、押しもきく。ですから英蔵《ひでぞう》って名を、豊富英太郎にしたんですよ」

「ふむ。それで、仲間がいたろう。あと二人だ」

「へい。一人はあっしと同じ百姓の出で、戸田玄十郎といいやす」

「平さん……」

秀太がちらりと平七郎に視線を送ってきた。

「もう一人は……」

「頭の杉田《すぎた》様」

「杉田、誰だ」

「杉田源内《げんない》様といいます。このお人は本当の武士でございます。もと御家人でございますよ」

「二人の住まいは……」

「知りません」

「知らぬではすまぬぞ」

「本当ですって」

「嘘をつくな。だったらどうやって押し込みの談合をやっていたのだ」

側から秀太が怒って言った。

「嘘じゃねえって……頭がね、そこの、両国稲荷の参道にある地蔵の首に赤い紐《ひも》をかけるんですが、それが合図です。その合図で柳原《やなぎわら》土手のお救い小屋に集まるんです。ですから、お互いの住まいは知らない。知らせっこなしなんでさ」

「ずいぶんと用心深いんだな」

「へっへっ、お褒《ほ》めにいただきやして……」

と嬉しそうに笑ったが、あっと口に手を当てて黙った。

英蔵はようやく余計なしゃべりをし過ぎたと思ったらしい。

「秀太、一色様に知らせてくれ」

平七郎は秀太に言い置くと、米沢町の番屋を出た。

七

おふさは、富岡八幡宮の二の鳥居をくぐって表門から境内にはいった。

すぐ右手に座す地蔵坊が目についた。六地蔵のひとつらしいが、ごろた石で土台をつくり、その上に御坊さんが錫杖《しゃくじょう》を肩に当てて座っている。

見上げて手を合わせるようになっているが、優しい表情が今の自分を救ってくれるような、そんな気がした途端、おふさの目からどっと涙が溢《あふ》れ出た。

——もうこの江戸には住めないんです、仏さま……。

霞《かす》む目で地蔵を仰ぐと、心の中で呟いた。

田舎に帰れば、ほそぼそと山の畑を耕しているあんちゃんの迷惑になる。だからこの江戸で頑張っていたけれど、もう私の住むところではなくなりました。身から出た錆《さび》ですが、住むほどに心も体もずたずたにされました。

ええ……すべてその原因は上総屋の妾になったことにあります。

上総屋の囲い者にならなければ、子殺しで疑われることもなかったし、石工師の長次郎さんのような、心底自分を好いてくれる人と所帯を持つことだって出来たのです。

　でももう、すっぱりと心を決めましたと、おふさは地蔵坊に心を吐露してその場を離れた。

　深川は水の町である。境内にもいくつか水路が通っているが、おふさは境内の中を流れている小川にかかるそり橋を渡って、三の鳥居を抜けた。

　本殿は目の前である。

　そこに参ったら、鰻《うなぎ》でも食べて帰ろうと思っている。

　おあきに昨夜店を辞めさせてほしいと頼んであるから勤めはもうない。

　あとは故郷への帰り支度をするまでだが、今日一日は、亡くなった母が見たいと言っていたこの富岡八幡宮をじっくりと見物して帰るつもりである。

　おふさの持つ手提げ袋には、門前仲町で買った千代紙も入っていた。

おいとが持ち出した、あの母の形見の人形に、今度は自分が衣装を着けてやろうと考えているのだった。

「おふさ……」

おふさが本殿に手を合わせて、広場の水茶屋で茶を喫していると、平七郎が近づいてきた。

「立花様」

「そこに座ってもいいかな」

「はい。先日はいろいろと……」

おふさは茶碗を手に目を伏せた。

「辛い思いをさせたな、おふさ」

「いいえ、私、立花様にお話ししてほっとしているのです」

「おいとの死因をはっきりさせれば、あんたの苦しみをもっと除いてやれたのに、なにしろ五年も前のことでは探索にも無理があってな」

「わかっています。私は、私の言ったことを信じて下さった、それだけで十分です。気持ちが軽くなりました。なにしろこれまでは、恐ろしい親分につきまとわれて嫌な思いを致しました。これで、新しく踏み出せそうな気がしているんです」

「それは良かった。しかし、山吹を辞めたそうだな。女将が残念がっていたぞ」

「すみません。女将さんにも、立花様やおこうさんにも、ずいぶんお世話をかけましたが、私、やっぱり田舎に帰ろうと思いまして」

「そうか、田舎に帰るのか」

平七郎はふと、落胆するだろう長次郎の顔を思い浮かべていた。

「長次郎が嘆くぞ」

つい小さい声で口走った。

だがおふさは何も答えなかった。

おふさの胸には、長次郎の純粋で真っ直ぐな愛情は、なにものにもかえがたい大切なものとしてあった。長次郎から熱い愛情を注がれて、おふさは幸せをかみ締めた。一条の光をもらったと思っている。

しかしそれだけに、長次郎に、昔妾をしていたなぞと知られたくはなかった。まして、子殺しの嫌疑をかけられているなどと、事実でないとしても知られたくなかった。

いずれにしろ、そんな場所に自分から飛び込んでいった、自分の人間性を問われる、そんな気がしていたのだ。

生涯において、長次郎とのことは大事にとっておきたいと思っているおふさである。

平七郎は、水茶屋の女が運んできた茶を飲みながら、参拝する人たちのそぞろ歩く姿を見ていたが、すっきり飲み干すと、茶碗を盆に戻してからおもむろに言った。

「心機一転やりなおそうとしているあんたに、またひとつ嫌な思いをさせるかもしれぬのだが、聞きたいことがあるのだ」

「なんでしょう。この際です。なんでもおっしゃって下さいませ」

笑みを浮かべて平七郎を見た。

「お前は戸田玄十郎という男を知っているか」

平七郎は、すぐ近くにある紅葉の木の下で、しんみり話し込んでいる若い男女の姿を見るとはなしに見て、話を切り出した。

「戸田……」

おふさが息を呑むのがわかった。

「気を悪くしないでもらいたい。俺も橋廻りだが同心に変わりはない。御府内に事件が起きれば、指をくわえて眺めている訳にはいかんのだ」

「ええ……」

おふさは俯いた。膝に置いた手の甲を見つめている。

その横顔にときおり盗むような視線を送りながら、平七郎は押し込み強盗についての話をし、奉行所は戸田とおふさが懇意の仲だと疑っている。もしそうなら、戸田について知っていることを話してほしいのだと言った。

「お前が戸田の女だと言う者もいる」

「……」

「違うのなら違うと言ってくれ。人ひとり死んでいるのだ」

「人が死んでいる？」

おふさが驚いたような顔をあげた。

明らかに何かを知っている顔だった。

「知り合いなのだな、戸田は……」

おふさは、こっくりと頷いた。だが、まっすぐに平七郎を見て言った。

「でも、私が知ってる戸田と名乗る人は、信州の、山奥の、小さな貧しい村の次男坊です。名を儀三《ぎぞう》といいます」

「儀三……」

「はい。儀三さんは私より五つほど年上で、私が江戸に出てくるずっと前に江戸に出てきた人なんです……」

口減らしのためですよと、おふさは言った。

江戸に出てきたおふさも儀三のことはすっかり忘れて暮らしていた。

それが一年前に、ばったり両国橋の西袂で会ったのだ。

おふさは、その時髪油を求めていた。

側を通り過ぎた人の気配がまた近づいてきて、おふさの名を呼んだが、おふさはその男が誰だか覚えがなかった。相手が浪人だったからである。

そしたら、男は、

「忘れたのか、おいらだ。三《み》つ叉《また》の儀三だ」

と言ったのだ。

儀三の家は、三つに分かれる道の際《きわ》にあって、村の皆は三つ叉三つ叉と呼んでいた。おふさはそれを思い出して、目の前の男は間違いなく儀三だと思ったのだ。

髷《まげ》も百姓町人髷から武士の髷に変え、衣服も浪人のなりとはいえ大小を差している。

人は形でずいぶん変わるものだと、おふさは改めてまじまじと儀三を見た。

「その格好……儀三さん、お侍さんになったんですか」

おふさが驚いて聞いた。

それというのも、儀三は村を出て行く時に、年下の遊び友達を集め、

「おいら、きっと金儲けをして、その金でお侍の株を買って大小を腰に差して帰ってくるぜ。この村の出世頭になるんだ。そうしたら、そうだ、皆もよ、おいらが後ろ盾となっていい暮らしが出来るようにしてやるぜ」

そんな夢のような話をして、鼻たれたちを元気づけていたのである。

おふさもその時、赤い鼻緒の草鞋を履いて、男の子たちの後ろから儀三が得々と話すのを聞いていた。

そういう気持ちは、田舎を出て江戸に向かう少年にはよくあることだ。そんな気持ちの高揚と夢があればこそ、無鉄砲に未知の世界に出ていけるし、辛抱も出来るというものだ。

おふさにしたって、まさか今のような暮らしをするようになるとは考えもしなかった。

優しくて稼ぎのいい男を捕まえて、子供も産み、育て、人も羨む暮らしをきっとするのだという夢があった。

二人はすぐに、近くにあるおしる粉屋に入った。

田舎ではそれほど親しいという仲ではなかったが、この江戸で会うと、身内のような気がしたのである。

「そこでいろいろと話をしたんです。これまでのこと……」

おふさは、懐かしそうな顔をして言った。だが表情の片隅には、空しそうな顔ものぞかせている。

平七郎は、黙って頷いていた。

おふさは、それで話を続けた。

「その時に儀三さんは、大志をいだいて田舎を出てきたけど、ことごとくうまくいかなくって、最後はこの始末だ、自分で勝手に武士のなりをして暮らしていると、切なそうに笑っていました。私もそう……二人とも夢が破れちゃったねって、笑うしかないもの私たち……お互い馬鹿だねって、慰めあいました」

ですから儀三さんとは、お奉行所が疑っているような男と女の間柄ではありません。口では言い表せない同郷の者同士の親しみを感じる間柄ですとおふさは言った。

「戸田という名を名のっていると知ったのも、つい最近です」

とおふさは言った。

「どこで聞いたのだ。戸田の仲間と会ったのか」

「いいえ。仲間なんて知りません。私と儀三さんが入った水茶屋で、茶汲み女から『戸田様、今日は一人じゃないんですね』ってからかわれたことがありまして……」

「そうか……すると、押し込みをしていたとは」

「知りません」

とおふさは首を横に振ったが、

「何をしているのか聞くのが怖《こわ》かったんです」

と言った。

「ふむ」

「立花様、その話、間違いないのでしょうか。あの儀三さんが押し込みしているなんて考えられません」

「お前は、儀三が戸田玄十郎かどうか、疑っているんだな」

「はい」

「ひとつだけ戸田玄十郎には身体に特徴があったのだ。一度見れば人は忘れない特徴がな……」

じっとおふさの顔を見る。

「やけど……」

おふさが呟くように言い、平七郎を見返した。

「そうだ、手の甲に昔の火傷の痕がある」

おふさは押し黙った。目を見開いて平七郎を見ている。

「お前には辛い話だろうが、そういう事だ。身元が割れた以上、いずれ捕まる。これ以上罪を重ねさせないためにも、いっこくも早く捕縛したいのだ」

「……」

おふさは、目を伏せた。膝に置いた手を見つめている。何か考えているようだった。

哀しげなその顔に、平七郎は言った。

「両国稲荷の中にある地蔵に赤い紐がかけられた。数日のうちに、次の押し込みを決行する筈だ。戸田の居所がわかればと思ったのだが……」

「……」

「どこに押し込むのか……また死人や怪我人がでる」

「……」

「いや、せっかくのところを手間をとらせた」

平七郎は立ち上がった。

だがふっと気づいて、座っていた椅子の上に、財布を逆さに振った。一朱金がころりと落ちた。

「あったあった……」

平七郎はにやりと笑ってつかみ上げると、おふさの手をとって、その掌に一朱金を載せてやった。

「立花様……」

「少ないが俺の気持ちだ。土産の足しにしてくれ」

にっこり笑うと、平七郎は踵《きびす》を返した。

おふさは一朱金を握り締めた。平七郎の好意が嬉しかった。足早に去っていく平七郎の背をじっと見送った。

八

月は半月である。蒼白く照らす街路は静寂に包まれていた。

平七郎と秀太は、上総屋が見える向かい側の呉服屋の店の中にいた。

呉服屋はとうに大戸を閉めていたが、二人はその大戸の隙間から表を覗いているのだった。

定町廻りの金谷と佐藤は、上総屋の店の奥で捕り方十人ほどを従えて待機している筈である。

「平さん、本当に来ますかね」

秀太が溜め息をついた。

「来る。俺はおふさの勘を信じる」

平七郎は、目を外の薄闇に向けたまま秀太に言った。

今朝のことだった。

おふさが平七郎の役宅に走ってきた。

話し忘れていたが、戸田玄十郎こと儀三が言っていた話の中に、気になることがあるというのであった。

それはおふさが、上総屋の娘おいと殺しの疑いをかけられ、住んでいた場所をいたたまれなくなって逃げてきたという話を儀三に打ち明けた時だった。

儀三はわが事のように怒り「おふさちゃんの恨みは晴らしてやるよ」などと言っていたことがあるという。また儀三はさりげなく上総屋の身代や繁盛ぶりを、いろいろとおふさに聞いた。

蔵はどこにあって、裏の木戸の閂《かんぬき》は誰が閉めて、通いの奉公人は何人で、居つきの奉公人は何人というように、おふさは儀三に聞かれるままに、まるで世間話をするように上総屋の内情を話していた。

その時は、自分の身に起きたことを語り、女中や店の奉公人の暮らしを、戸田に聞かれて当たり前のように話してしまったが、平七郎から戸田が押し込みの一味と聞いて、ふっと、あれもそのために聞いてきたのではないかと不安になったのだった。

ましてや、捕まった一味の一人が、儀三たちは江戸を離れる資金のために、近日中に押し込みをやる筈だと言っていると聞く。

——もしや狙いは上総屋ではないか……。

そう思うと矢も楯もたまらずに、おふさはここに駆けつけたのだった。

「これ以上の罪を重ねるのを止めて頂きたいのです」

おふさは平七郎に手を合わせた。

平七郎は頷いた。

万が一外れるかもしれないが、やってみる価値はあると思った。

それに、秀太が捕まえた、酔っ払いのあの男は、地蔵に印がかけられてから決行までの日を、おおよそ五日目と言ったのだ。

その五日目は今日になる。

一色を通じて金谷や佐藤とも連絡し、大捕り物を予測して、銘々が待機しているのであった。

果たして、薄闇の中に二人の影を見た時には、平七郎と秀太は顔を見合わせて頷き合った。

賊は覆面をしていた。

「奉行所の者だ。戸を開けろ」

浪人の一人が戸を拳で叩く。

「よりにもよって、奉行所の者だなんて言ってますよ」

秀太が言った。

しばらくすると、大戸が少し開いたのか、灯の色が戸口を染めた。

「行くぞ」

平七郎が声をあげた。

二人はくぐり戸から表に走り出た。

「ああ……」

上総屋の店の者の叫ぶ声と同時に、賊二人が抜刀して店の中へ押し込むところだった。

「待て」

平七郎と秀太は走りよった。

同時に店の中から、

「縛《ばく》につけ！」

金谷と佐藤と捕り方たちが、走り出てきて二人を取り囲んだ。

「身元は割れているぞ。もと御家人杉田源内、それに戸田玄十郎こと儀三、神妙にしろ」

金谷と佐藤が交互に叫んだ。

「うわー！」

戸田が狂ったように刀を振り回した。金谷と佐藤に、捕り方たちに、そして平七郎や秀太に、横に縦にと大刀を振り回す。

「悪足掻《わるあが》きは止めろ」

平七郎は踏み込むと、戸田の振り下ろしてきた刀を横に飛んで躱《かわ》し、その手首に手刀を打った。

刀が音をたてて地に落ちた。

「儀三、おふさが心配していたぞ」

平七郎が大きく息をして白い目を見開いている儀三に言った。

「おふさ……」

「そうだ、おふさだ……」

「おふさちゃんが……」

儀三は、ふにゃふにゃと体を沈めて、膝をついた。

あっという間に戸田は捕り方に囲まれていく。

ふと、杉田を見ると、金谷と対峙していた。

金谷の袖が切れてぶらさがっている。

金谷は上段に構えているが、杉田は下段に構えて、爪先でじりじりと金谷との間を詰めている。

杉田は静かに手首を返して、左斜め下に剣先を構えて止まった。

――逆袈裟か……。

平七郎が思った時、金谷が声を上げて飛び上がった。

杉田の左足が動いた。

――あぶないぞ。

平七郎は刀の柄をにぎった。

次の瞬間、金谷の打ち下ろした剣を、杉田は逆袈裟に切り上げて、さらに返す刀で右足を踏み込むと同時に、金谷の肩に斬り下ろした。

金属の打ち合った音がした。

金谷は尻餅をついて目を白くしていたが、その金谷を庇うように、平七郎の剣が杉田の剣を跳ね上げていた。

「ご用だ！」

刀を失った杉田を、梯子や刺股《さすまた》が取り囲んだ。

「ちっ」

杉田は舌打ちすると、

「勝手にしろ」

あぐらをかいて座った。

「縄をかけろ」

佐藤が叫んだ。

「かりにも御家人だった男が、上様のおひざもとで押し込み強盗とはな」

二人はまもなく後ろ手にされたまま、蒼白い道を引かれて行った。

「儀三さん……」

暗闇から人影が走り出てきた。

儀三は立ち止まってその人影を見た。おふさだった。儀三の顔が氷りついた。

お前か……というような顔をして儀三はおふさをじっと見た。そして言った。

「馬鹿だなお前は……せっかく敵《かたき》のひとつもとってやろうと思ったのによ」

しかし儀三の顔は哀しげに歪んでいた。

「ごめんなさい儀三さん……」

おふさはへなへなとその場にしゃがんで儀三を見上げた。

「いいんだ、もう……」

「……」

おふさは次の言葉を失っていた。これが儀三と自分が行きついた夢の果てかと、全身が縛りつけられたようになっていた。

すると儀三が小さく笑って、

「夢は無理でも、俺のぶんまで幸せになってくれ」

そう言うと、捕り方に背を押されて、急いで先を行く列に加わった。

薄闇の向こうに一行の姿が見えなくなっても、おふさはそこに立ち尽くしていた。

「おふさ……」

平七郎は、おふさの後ろ姿に声をかけた。

だがおふさは、振り向かなかった。へなへなとしゃがみ込み、顔を両手で覆《おお》うと肩を震わせた。

――おふさ……。

この女はどこまで辛い目に遭うのだと、平七郎はそっとおふさを見守っていた。

数日後の払暁《ふつぎょう》――。

夜明けを告げる明六ツの鐘が鳴る比丘尼橋の見える岸辺に、地蔵菩薩の前にぬかずく旅姿のおふさがいた。

ゆっくりと流れていく白い霧の中に、じいっと祈るおふさがいた。

平七郎と秀太、それにおこうは、そっと遠くから、おふさの祈りが済むのを待っている。

傷ついて故郷に帰るおふさを、せめて見送ってやりたいと考えたのだ。

平七郎と秀太は、一昨夜、上総屋の店の前で、肩を震わせて泣いていたおふさの姿を忘れることはない。

事件の夜、ひとしきりして立ち上がったおふさを、平七郎は秀太に送らせて、自分は上総屋の店の中に入った。

店の中の帳場には征之助がいて、平七郎の顔をみると飛び出してきて、深々と頭を下げた。

奥から女たちの高い声が聞こえてくるのを見ると、まだ先ほどの騒動の興奮が残っているように思われた。

征之助という男は、こぶとりの白い顔に薄い唇がよく目立つ男だった。愛想よく平七郎に茶を勧めると、

「お陰様で助かりました。賊の侵入をお役人様に知らせて下さった方に、本当に感謝しています」

慇懃《いんぎん》に手をついた。

「上総屋、こちらの店を救ってくれたその人の名を知りたくはないか」

「はい。もちろんでございます。ひとこと、お礼を申し上げたいと思っております」

「そうか。では教えてやろう。その者はな、おふさという女だ」

「おふさ……」

征之助の顔色が変わった。

「ほう、覚えがあるらしいな。そうだ、お前が一番よく知っているあのおふさだ」

「それはどうも……いえ、私はどうしているのかと案じていたところでございます。いったい住まいはどちらでございましょうか。私に出来るせいいっぱいのことをしてあげたい、そう思います」

「住まいは言えぬな」

「えっ」

征之助は驚いた顔で見返した。

「おふさは、お前のような男からの礼など欲しいとは思わぬのではないかな。お前はしょせん、この上総屋を捨てる覚悟もないのに、おふさを利用したのだ。女の夢をふみにじったのだ。あんないい女を、足蹴にした罪は重いぞ」

平七郎は言うだけ言って、上総屋を後にした。


「平七郎様」

おこうが、地蔵に手を合わせていたおふさが立ち上がったのを見て、促した。

三人はゆっくりとおふさに近づいた。

「立花様……平塚様……おこうさん。お世話になりました」

おふさは頭を下げた。

「おふさ、いい知らせがあるぞ」

平七郎の言葉に、おふさは寂しげな笑みで応えた。

「おいと殺しだが犯人が捕まった」

「えっ……」

おふさはびっくりしたようだった。

「上総屋の内儀おかつと親密だった歌舞伎役者豊之丞だったのだ」

「……」

「驚くのも無理はない。おかつが豊之丞への援助を切ると言ったために、豊之丞が逆上して、おかつに復讐するためにおいとを殺《や》ったらしいのだ。昨夜別件で豊之丞は捕縛されたが、取り調べの中で白状したらしい」

「ありがとうございます」

おふさは深々と頭を下げた。

「もうひとつ……」

平七郎は下げたおふさの頭を見て言った。

「儀三がな、つかまってほっとしたと言ったそうだ」

「……」

おふさは顔を上げて平七郎を見た。双眸にみるみる涙がふくれあがった。

「おふささん、そういうことですから、もう帰らなくてもよいのではありませんか。この江戸で、長次郎さんとやり直せるのではありませんか」

おこうが言った。

「いいえ」

おふさは、強く首を横に振って否定した。

そして、思いつめた声で言った。

「おいとちゃんのことはほっといたしましたが、でも儀三さんのことは……ことは……」

「おふささん」

おこうもやりきれないような声をあげた。するとおふさが、

「私だけがこの江戸で幸せになることはできません。おこうさん、私、本当はこの比丘尼橋にも二度と近づくまいと思っていたんです。でも、どうしてもね、最後のお別れを言いたくて。ですからどうか長次郎さんには、私でなく、もっと相応しい人がい

ることに気づいて下さい、そのようにお伝え下さいませ」

「おふささん……」

「もう決心したことです」

おふさは小さい声だが、きっぱりと言い、涙をふいた。

「……」

「その決心をしたのは、おこうさん、あなたと立花様が私の長屋に足を運んで下さって、おいとちゃんとのこと、全部話しなさいと言って下さいましたね。あの時なんです」

「……」

「私、あの時、まだ告白しようかどうしようかと迷っていたんです。でもその時、庭でちちろが鳴き始めました」

「ちちろ?」

平七郎が聞いた。

「ええ、こおろぎのこと、母はちちろと呼んでいました」

「ちちろか……」

「はい。幼い頃に夜なべで野良着の綻《ほころ》びを綴る母の側で、ちちろの声を聞きながら、私、見よう見まねでぼろ切れでお人形の着物を縫っていたのを思い出したんです」

「……」

「ちちろの声であの時私は、母がすぐそこにいて、私を心配してくれている。そんなふうに思ったんです。それでおっしゃる通りにお話ししました。そしたら心が軽くなって……。私、ちちろの鳴く里に帰ろうって……」

「そうか、そうだったのか……止めても無駄か」

「はい」

おふさはきっぱりと言った。

だがその目が比丘尼橋を凝視した。

晴れていく霧の中に長次郎の姿があった。

「長次郎さん……」

おふさは呟いた。

長次郎が橋を下りておふさにゆっくりと近づいてきた。

「おふささん、やっぱり帰るのか」

長次郎は悲痛な声をあげた。

「ごめんなさい長次郎さん」

おふさは長次郎の脇をすり抜けるようにして小走りに去って行く。

「おふささん」

長次郎が大声で呼び止めた。

おふさの足が止まった。だが、旅姿の背を向けたままだった。

息を呑んで平七郎たちは見守った。

「長次郎さん、私にはどうしてもやらなければいけないことがあるんです。儀三さんのことです。道を踏みはずしてしまったけど、私にはいつも、必ず田舎に帰って両親に孝養をつくしたい、そう言っていたんです。せめてその気持ちを私が両親に伝えてやらなければ……わかって下さい」

おふさはしみじみと言った。

両目を見開いて、じっと聞いていた長次郎は、しばらくの後、こくんと頷いた。

おふさは小さく頭を下げると、また背を向けて町の通りに消えて行った。

「長次郎……」

平七郎は立ちつくす長次郎の肩をぽんと叩いた。

霧がたちまち晴れていく。昨日と同じ比丘尼橋がくっきりと現われて、新しい朝を迎えていた。

蚊遣り火

一〇〇字書評

切り取り線

購買動機（新聞、雑誌名を記入するか、あるいは○をつけてください）	
□（　　　　　　　　　　）の広告を見て	
□（　　　　　　　　　　）の書評を見て	
□ 知人のすすめで	□ タイトルに惹かれて
□ カバーがよかったから	□ 内容が面白そうだから
□ 好きな作家だから	□ 好きな分野の本だから

●最近、最も感銘を受けた作品名をお書きください

●あなたのお好きな作家名をお書きください

●その他、ご要望がありましたらお書きください

住所	〒				
氏名		職業		年齢	
Eメール	※携帯には配信できません		新刊情報等のメール配信を 希望する・しない		

あなたにお願い

この本の感想を、編集部までお寄せいただけたらありがたく存じます。今後の企画の参考にさせていただきます。Eメールでも結構です。

いただいた「一〇〇字書評」は、新聞・雑誌等に紹介させていただくことがあります。その場合はお礼として特製図書カードを差し上げます。

前ページの原稿用紙に書評をお書きの上、切り取り、左記までお送り下さい。宛先の住所は不要です。

なお、ご記入いただいたお名前、ご住所等は、書評紹介の事前了解、謝礼のお届けのためだけに利用し、そのほかの目的のために利用することはありません。またそのデータを六カ月を超えて保管することもありませんので、ご安心ください。

〒一〇一-八七〇一
祥伝社文庫編集長　加藤　淳
☎〇三（三二六五）二〇八〇
bunko@shodensha.co.jp

祥伝社文庫

上質のエンターテインメントを！　珠玉のエスプリを！

祥伝社文庫は創刊15周年を迎える2000年を機に、ここに新たな宣言をいたします。いつの世にも変わらない価値観、つまり「豊かな心」「深い知恵」「大きな楽しみ」に満ちた作品を厳選し、次代を拓く書下ろし作品を大胆に起用し、読者の皆様の心に響く文庫を目指します。どうぞご意見、ご希望を編集部までお寄せくださるよう、お願いいたします。

2000年1月1日　　祥伝社文庫編集部

蚊《か》遣《や》り火《び》　橋廻《はしまわ》り同心《どうしん》・平七郎《へいしちろう》控《ひかえ》　時代小説

平成19年9月5日　初版第1刷発行

著　者　藤《ふじ》原《わら》緋《ひ》沙《さ》子《こ》

発行者　深澤健一

発行所　祥《しょう》伝《でん》社《しゃ》
東京都千代田区神田神保町3-6-5
九段尚学ビル　〒101-8701
☎03（3265）2081（販売部）
☎03（3265）2080（編集部）
☎03（3265）3622（業務部）

印刷所　萩原印刷

製本所　ナショナル製本

ISBN978-4-396-33380-5　C0193

祥伝社のホームページ・http://www.shodensha.co.jp/

祥伝社文庫

藤原緋沙子

恋椿 橋廻り同心・平七郎控

橋上に芽生える愛、終わる命…橋廻り同心平七郎と瓦版屋女主人おこうの人情味溢れる江戸橋づくし物語。

藤原緋沙子

火の華《はな》 橋廻り同心・平七郎控

橋上に情けあり。生き別れ、死に別れ、そして出会い。情をもって剣をふるう、橋づくし物語第二弾。

藤原緋沙子

雪舞い 橋廻り同心・平七郎控

一度はあきらめた恋の再燃。逢えぬ娘を近くで見守る父。――橋上に交差する人生模様。橋づくし物語第三弾。

藤原緋沙子

夕立《ゆだ》ち 橋廻り同心・平七郎控

雨の中、橋に佇む女の姿。橋を預かる、北町奉行所橋廻り同心・平七郎の人情裁き。好評シリーズ第四弾。

藤原緋沙子

冬萌え 橋廻り同心・平七郎控

泥棒捕縛に手柄の娘の秘密。高利貸しの優しい顔――橋の上での人生の悲喜こもごも。人気シリーズ第五弾。

藤原緋沙子

夢の浮き橋 橋廻り同心・平七郎控

永代橋の崩落で両親を失い、深い傷を負ったお幸を癒《いや》した与七《よしち》に盗賊の疑いが――橋廻り同心第六弾！

祥伝社文庫

井川香四郎

秘する花 刀剣目利き 神楽坂咲花堂

神楽坂の三日月で女の死。刀剣鑑定師・上条《かみじょう》綸太郎《りんたろう》は女の死に疑念を抱く。綸太郎の鋭い目が真贋を見抜く！

井川香四郎

御赦免《ごしゃめん》花 刀剣目利き 神楽坂咲花堂

神楽坂咲花堂に盗賊が入った。同夜、豪商も襲い主人や手代ら八名を惨殺。同一犯なのか？綸太郎は違和感を…。

井川香四郎

百鬼の涙 刀剣目利き 神楽坂咲花堂

大店の子が神隠しに遭う事件が続出するなか、妖怪図を飾ると子供が帰ってくるという噂が。いったいなぜ？

井川香四郎

未練坂 刀剣目利き 神楽坂咲花堂

剣を極めた老武士の奇妙な行動。上条綸太郎は、その行動に十五年前の悲劇の真相が隠されているのを知る。

井川香四郎

恋芽吹《めぶ》き 刀剣目利き 神楽坂咲花堂

咲花堂に持ち込まれた童女の絵。元の持主を探す綸太郎を尾行する浪人の影。やがてその侍が殺されて……

井川香四郎

あわせ鏡 刀剣目利き 神楽坂咲花堂

出会い頭に女とぶつかり、瀬戸黒の名器を割ってしまった咲花堂の番頭峰吉。それから不思議な因縁が…。